CAZADA

PROGRAMA DE NOVIAS INTERESTELARES®: LIBRO 17

GRACE GOODWIN

Cazada

Copyright © 2021 por Grace Goodwin

Publicado por Grace Goodwin con KSA Publishing Consultants, Inc.

Goodwin, Grace

Cazada

Diseño de portada por KSA Publishers 2020
Imágenes de Deposit Photos: ooGleb, diversepixel

BOLETÍN DE NOTICIAS EN ESPAÑOL

FORMA PARTE DE MI LISTA DE ENVÍO PARA SER DE LOS PRIMEROS EN SABER SOBRE NUEVAS ENTREGAS, LIBROS GRATUITOS, PRECIOS ESPECIALES, Y OTROS REGALOS DE NUESTROS AUTORES.

http://ksapublishers.com/s/c5

1

Vicealmirante Niobe, Centro de Procesamiento de Novias Interestelares, la Colonia

—CORRE. Sabes que me gusta perseguir. Te atraparé, y entonces...

La profunda voz del hombre era como un tosco susurro, pero lo escuché desde el otro lado del inmenso espacio que nos separaba como si estuviese justo a mi lado. No necesitaba terminar su oración. Sabía lo que me haría cuando me atrapase. Hacía que mi piel se erizara con conocimiento y que mi sexo se contrajese con deseo.

Yo era rápida.

Él era más rápido.

Yo era astuta.

Él era despiadado.

Yo era una cazadora.

También era a quien él cazaba.

Era su presa. Su deseo. *Su compañera*.

Y cuando me encontrara, me tomaría. Me daría órdenes. Me llenaría. Me follaría y me haría suya. Por completo.

No escapaba de él porque no lo quisiera.

Escapaba porque sí lo quería.

Mi corazón latía con fuerza, no porque estuviese exhausta, sino porque excitada. Ansiosa.

Y así corrí más deprisa, pues la cacería era parte del cortejo. No permitiría que un hombre que no fuese digno me reclamara. Y no me reclamaría si no lo ponía a prueba.

El terreno era empinado, los árboles frondosos y el follaje encapotado que pendía sobre nuestras cabezas bloqueaban una buena parte de la luz del sol. El aire se sentía húmedo, cálido. Casi sofocante.

Sonreí mientras rodeaba rápidamente un gran árbol y saltaba sobre un tronco caído.

—Estás húmeda por mí. Puedo olerte desde aquí.

Solté un gemido porque era verdad. Estaba mojada y necesitada. No solamente acalorada por la persecución o por los kilómetros que habíamos recorrido. Sentía desesperación por su polla. Él se movía tan velozmente que sus pasos eran silenciosos sobre el suelo. Sin embargo, lo oía con la misma facilidad con la que él me oía a mí. Su respiración era superficial; el sudor le cubría la piel. Respiré su aroma. Reconocería su oscura fragancia en cualquier lado. En cualquier momento, por el resto de mi vida.

La mayoría de las mujeres se detendrían. Esperarían. Dejarían que sus compañeros las atraparan. Dios, la mayoría de las mujeres ni siquiera correrían, en primer lugar. Pero yo no era como la mayoría de las mujeres. Yo era everiana. Una cazadora por derecho propio. Una guerrera. Y por tal motivo me movía todavía más deprisa. El suelo debajo de mis pies se veía borroso; mi cabello volaba en mi cara por el ritmo que llevaba.

—Cuando te tenga debajo de mí, compañera —gruñó—, sabrás a quién le perteneces. Quién es el dueño de tu sexo. Te correrás cuando yo lo diga. En mi polla. Debajo de mi boca.

Me distraía pensar en su cabeza entre mis piernas, en su lengua en mi clítoris, dando vueltas y provocando ese inflamado capullo. Me tropecé, pero no caí.

—Ah, compañera. ¿Quieres sentir mi boca en ti? —Había oído mi traspié—. Entonces déjame atraparte.

Me reí y entrecerré los ojos cuando irrumpí en un claro.

—Nunca.

Cuando lo oí gruñir, mi corazón saltó

de alegría. Quería mi lucha. Mi espíritu. Mi necesidad de demostrar mi fuerza antes de rendirme. Porque lo haría. Me deleitaría con su dominancia. Con su fuerza. Pues, aunque finalmente me entregaría, yo tendría el poder sobre él.

Mis pensamientos me distrajeron, porque todo estaba en silencio. Ninguna pisada. Ninguna persecución. Solo se oían los animales del bosque y el viento. Ya no me perseguía.

Su táctica cambió. Bajé la velocidad y me detuve cuando todo seguía en silencio.

Dándome la vuelta, miré en todas las direcciones. Busqué. Escuché. *Sentí.*

Lo escuché de nuevo.

Un latido.

Una respiración.

Inhalé lo que solo le pertenecía a él.

Aroma oscuro.

Me giré sobre los talones, allí estaba. Frente a mí. Tuve que echar la cabeza hacia atrás para encontrarme con sus acalorados ojos.

—¿Cómo...?

Él sonrió; la sonrisa era feral y, aun así, dulce.

—No importa, compañera. —Su pecho se expandió mientras tomaba una bocanada de aire.

Me irritó. No me vencería tan pronto. Hui.

Él se rio.

Me atrapó de nuevo. No tenía idea de cómo lo hizo, pero no pude distinguir su ubicación hasta que estuvo sobre mí. Parecía como si lo hubiese cubierto una capa, protegiéndolo. Ocultando sus movimientos.

No conocía esta habilidad. Pero la demostraba, pues de pronto me tomó, me giró y me estampó contra un árbol. Me tocó como si estuviera hecha de cristal, aun con la agresividad que corría en nuestras venas.

—Ríndete —gruñó.

Su mano se posó en mis caderas y la otra en el árbol, junto a mi cabeza. Toda la longitud de su miembro se presionaba contra mí. Cada duro centímetro de él. Sentí su polla, el grueso falo contra mi estómago.

Me sentía indecisa. El poder de la unión dividía mi concentración. Quería escapar. Correr. Ser perseguida una vez más. Más. Necesitaba la emoción que venía con ello. Sin embargo, a la vez ansiaba su tacto. Sus latidos. Su dureza.

Quería desplomarme de rodillas ante él. Despojarme de mi ropa y exponerme, recostarme en la hierba y separar mis muslos.

Quería ponerme en cuatro, mirarlo por encima del hombro y observarlo mientras me montaba. Mientras me reclamaba. Mientras me tomaba con fuerza, justo como lo necesitaba.

Una enorme mano se posó en mi barbilla y levantó mi cara hacia la suya.

—Dila. Di la palabra que te hará mía.

Tragué, luego me relamí los labios. Él estaba aquí. Me encontró. Me cazó. No había nada más que pudiese hacer, o *quisiera* hacer.

—Sí.

Cayó de rodillas ante mí, me quitó las botas y los pantalones para que estuviese descubierta de la cintura para abajo. Era tan rápido en desnudarme como lo era cazándome. En un segundo, mis piernas quedaron sobre sus hombros y su boca se posó sobre mí. Allí. Su cuerpo me apretó contra el árbol. Me elevó del suelo sin que yo me sujetara de nada, excepto de su cabeza, donde mis dedos se enredaban en su cabello. Me lamía, separándome, encontrando mi clítoris y rodeándolo.

Un sonido primitivo retumbaba en su pecho mientras me llevaba al orgasmo. Sabía que le empapaba el rostro, muy deseosa, y el clímax fue muy intenso.

—¿Por qué? —pregunté, cuando pude recobrar el aliento. Él no movió la cabeza mientras besaba las profundidades de mis muslos, sino que alzó la mirada para ver mis ojos.

—¿Por qué me arrodillo ante ti cuando eres tú quien se va a someter?

Asentí, y mi espalda golpeó la dura corteza.

—Tu cuerpo, tu placer, es mío. Eres mía. Aunque pueda ser quien está arrodillado, tú me lo darás todo.

No podía ver el grueso contorno de su falo, pero sabía de su dureza. Deseoso de follar.

—¿Y qué me dices de ti?

En un instante, quedé recostada sobre la suavidad del suelo, aunque mis piernas seguían sobre sus hombros.

Él se movió para abrirse los pantalones, sacar su miembro, alinearlo en mi entrada y empujarlo profundamente.

—¡Sí! —grité al sentirme tan atiborrada, ante la sensación de él dentro de mí. Estirándome. Reclamándome.

—Ahí está de nuevo esa palabra. Tu consentimiento. Tu sumisión.

Se apartó, yo gimoteaba, y en un abrir y cerrar de ojos quedé apoyada sobre mis manos y rodillas mientras él me montaba. Entonces me tomó con fuerza.

Su firme cuerpo se curvaba a mis espaldas; su boca seguía en mi cuello, pellizcando el sitio donde mi pulso palpitaba, mordiendo la coyuntura entre mi cuello y hombro.

—Mía.

Palpé el húmedo suelo para buscar algo a lo que aferrarme, pero no había nada. Nos resbalábamos por el suelo del bosque, y los sonidos de nuestra carne chocando entre sí, del mojado movimiento deslizante de su polla dentro y fuera de mi sexo, todo podía oírse. Habíamos espantado a los animales.

Nosotros éramos los animales. Salvajes y frenéticos. Tanto que me embistió profundamente y grité, lista para correrme otra vez.

—Qué coño tan codicioso. Muy húmedo. Perfecto para mí. *Tú* eres perfecta para mí. Mía.

—¡Sí!

—¡Dámelo todo!

Sabía de lo que hablaba. No solo pedía mi orgasmo, sino mi cuerpo. Mi alma.

El interior de mi sexo lo apretó con fuerza, metiéndolo más profundamente, deseándolo, necesitando cada grueso centímetro de su miembro.

Grité mientras me corría; el sonido hacía eco por todo el bosque, por todo el terreno en donde me había perseguido.

Me embistió hasta el fondo. Se tensó. Gruñó. Se corrió. Y sentí el calor de su semen al liberarse, al hacerme suya.

Y él era mío, pues, aunque fuese él el dominante, le había dado el mayor de los placeres. No estaría completo sin mí. Y yo... me rendí ante todo. Voluntariamente. Feliz. Por completo.

Mis ojos se abrieron y jadeé.

—¡No! —grité, fue la única palabra que resonó en las paredes de la simple habitación.

—Estuvo así de bien, ¿eh?

Parpadeé, alzando la mirada al presumido rostro de Kira. Mi amiga se inclinó sobre mí, pero se echó para atrás cuando me senté bruscamente. Me froté los ojos con las manos. Cielos, fue intenso. Muy real. Pero todo había sido un sueño. Un estúpido sueño de la prueba de novias.

Rachel, otra mujer terrícola que había sido emparejada con el gobernador de la Colonia, permaneció callada, pero la esquina de sus labios se curvaba. Sí, se reía por dentro. El doctor Surnen, quien estaba a cargo de todas las pruebas en este planeta, sostenía su tableta al otro lado de la silla de pruebas. No estaba segura de si callaba porque sabía que las pruebas involucraban intensos sueños sexuales o porque era la primera mujer a quien había evaluado, y no estaba seguro de qué decir. Por lo que me dijeron, actualmente era la única mujer sin emparejar en el planeta, además de la madre de otro hombre terrícola, Kristin. Este doctor normalmente no les hacía las pruebas a las mujeres. Solo evaluaba a los soldados integrados que eran transferidos aquí luego de escapar de su cautiverio.

Sabía que mis pezones estaban duros, pero definitivamente no se lo iba a comentar al doctor. No tenía una erección porque no tenía polla, pero mis partes femeninas estaban adoloridas por el sexo que vívidamente imaginé... pero que no tuve.

Estaba caliente. Más caliente de lo que nunca había estado en la vida. ¿Se suponía que las pruebas fuesen crueles y que te dejaran bien caliente y alterada sin la oportunidad de aliviarte? ¿Eran así para que la persona que fuese evaluada estuviera tan desesperada por correrse que siempre aprobara la unión solo para conseguir ese sexo?

En este punto, con mis pezones traicioneros y mi sexo contrayéndose, deseando un falo que lo llenase, probablemente aprobaría la unión con un planeta entero, cuyos hombres fuesen azules y tuvieran dos pollas.

—Vine aquí para visitaros a ti y a Angh, no para que me evaluasen —le recordé a Kira, y no por primera vez.

Ella entrecerró los ojos.

—Hiciste ambas cosas. Fue un viaje muy productivo.

Me levanté de la silla de pruebas y me estiré. Una mala idea, ya que solo logró que se frotaran mis pezones contra la tela del uniforme de la Academia. Gimoteé.

Rachel se reía.

—No me agradas —gruñí y le lancé la mirada malvada de líder de la Academia, la cual usualmente hacía que los cadetes se mearan en sus pantalones. Ella solo se rio más fuerte.

 *uinn, cazador de élite; Latiri 4, Base de integración de la Colmena, sector 437*

UNOS PESADOS GRILLETES me rodeaban las muñecas y el cuello; la sangre coagulada era la única señal de las intenciones de las unidades de integración.

Volverme uno de ellos.

Parte de la Colmena.

Controlarme. Controlar mi fuerza y mis habilidades de cacería. Controlar mi mente.

Moriría antes de rendirme ante el zumbido en mi mente, un sonido que se hacía más fuerte con cada ronda de inyecciones. Perdía más de mi mente, aun cuando sentía que mi cuerpo se volvía más fuerte.

Había visto a dos de mis amigos de toda la vida, dos cazadores de élite como yo, morir retorciéndose en sus celdas. Pero ellos no se habían convertido en el enemigo. Habían luchado hasta el final, y le negaron a la Colmena lo que quería. Más soldados. Guerreros de élite.

Mis hermanos no le dieron aquello que quería el bastardo azul de la Colmena. Yo era el último que quedaba. El último cazador de élite en estas celdas subterráneas. Su última oportunidad de tener éxito.

Los otros habían luchado contra él hasta el final. Así lo haría yo.

—Veo que estás despierto, cazador. —El alienígena azul oscuro era una mezcla entre plata y un oscuro e intenso color azul. Sus ojos eran casi negros.

Completamente opacos; no había nada tras ellos, ni un brillo de emoción, ni alma. No era el azul de un cielo luminoso, sino algo más oscuro y aún más siniestro. Sabía que me enfrentaba al infame nexus, uno de los míticos líderes, o creadores, de los sistemas de la Colmena. Mi información venía directamente desde la CI, la Central de Inteligencia de la Flota de la Coalición. Menos de un puñado de personas habían visto a uno de estos, y todas eran mujeres terrícolas del nuevo planeta de la Coalición llamado Tierra.

—¿Qué es lo que quieres? No me gustan los hombres, y no me gustan las cosas azules, así que no te emociones. — El nexus frunció los ojos, pero no mostró más reacción. Sabía lo que quise decir. Podía sentir su irritación en el aire.

—No tengo deseos de procrear contigo.

—Gracias a los dioses por ello.

Eso lo irritó aún más.

—Puedes tratar de bromear, cazador, pero no te salvará. Al final serás mío.

Sacudí la cabeza y lo miré a los ojos, lo cual hizo que el ruido en mi cabeza incrementase hasta convertirse en un rugido; el dolor era como agujas perforándome los ojos, pero mantuve la mirada y lo desafié a matarme.

—No, yo seré un guerrero muerto más, y tú un fracaso.

El nexus bufó, alzó la mano y me golpeó en la mejilla.

Los nexus no eran como sus drones. Los nexus reaccionaban. Se referían a sí mismos en primera persona, no en tercera. Estaban *vivos*. Eran individuos.

Podían ser manipulados. Sentir miedo.

Ser burlados.

Sonreí a la criatura azul incluso mientras levantaba la mano para avisar a uno de sus drones que empezase con otra ronda de inyecciones. Las agujas me perforaban el cuello y las muñecas, escarbando profundamente, llenando mi cuerpo de tecnología microscópica de la Colmena: nanocitos tan pequeños que los doctores de la Coalición no tenían la esperanza de extraerlos de guerreros contaminados como yo. Si sobrevivía, mis días de cacería probablemente habrían terminado. Dependiendo del alcance de las integraciones, podría ser exiliado a la Colonia, inútil y olvidado.

No había esperanza para mí, pero mantuve la sonrisa en mi rostro mientras el nexus se alejaba. Cuando se fue, me recosté contra la pared. Me dejaron el uniforme puesto cuando me capturaron, pero tomaron mis armas. El traje mantenía regulada mi temperatura corporal, aliviándome, pero no podía hacer nada para resguardar mi mente de la cruda realidad de esta cueva, de toda la base o de la estación de transporte a la vista desde mi celda. Veía llegar a nuevos cautivos por docenas: prillones, vikens y humanos, atlanes y xerimianos; aunque menos de los últimos dos, pues eran muy peligrosos para tenerlos en gran cantidad. Había todavía menos cazadores everianos como yo. El hecho de que el nexus estuviese dirigiendo un complejo de integraciones aquí, en este planeta, justo bajo las narices del comandante Karter, era más que siniestro. Demente, incluso. Nadie sabía que estábamos aquí. *Justo aquí, donde no nos buscaban porque asumían que no estaba la Colmena.*

El pensamiento me llenó de furia, la adrenalina corriendo por mi cuerpo intensificó el volumen en mi cabeza una vez más. No podía permitirme tener emociones. Debía estar calmado si iba a luchar contra la tecnología de la Colmena para permanecer cuerdo; si iba a ganar esta guerra con el bastardo azul que trataba de quebrarme.

Respirando profundamente, desaceleré mi ritmo cardíaco e imaginé a mi amigo Zee, cuyo rostro estaba lleno de cicatrices, y a su nueva compañera allá en Everis, viviendo una pacífica y alegre vida. Si Zee tenía suerte, tendría dos o tres pequeños corriendo por ahí todos los días, y su hermosa compañera terrícola, Helen, se rendiría a su tacto todas las noches.

Había deseado a una mujer propia, una tierna y sumisa mujer que necesitase una mano fuerte que le diese comodidad y placer. Incluso me registré en el Programa de Novias Interestelares y pasé por las pruebas de unión, siguiendo todos los protocolos. Eso había sido meses atrás. Ninguna compañera llegó para compartir mi vida, ninguna mujer había sido emparejada conmigo. Quizá estuviese muy destruido. Quizá tuviese demasiadas cicatrices adentro. Estaba demasiado lleno de ira. Sabía que ya no era un hombre apto y, aun así, mantuve la esperanza. No obstante, mirar los fríos y negros ojos del depredador nexus durante los últimos días logró que la esperanza de tener una compañera se desvaneciera junto con los demás. No necesitaba esperanza, aquí no. Necesitaba fuerza. Una actitud desafiante. Determinación. Voluntad. El nexus no me quebraría. Podría matarme, pero no me quebraría.

———

NIOBE, Centro de Procesamiento de Novias Interestelares, la Colonia

KIRA VINO Y ME ABRAZÓ, lo que hizo que me tensara sorprendida.

—¡Sí, te gustó! —dijo ella. Puede que hubiéramos trabajado juntas en la Academia, durante las misiones secretas para la CI, pero no quería decir que quisiese que me apretara—. Ya está. Es como una inyección cuando éramos niñas. Pensarlo era peor que el pinchazo en sí. ¿No estuvieron bien las pruebas?

Ella no dejaba de provocarme, pues me guiñó el ojo al terminar la pregunta.

—Conoces mi postura sobre tener un compañero. Tengo treinta y seis años.

Llegué hasta aquí sin uno, así que ya me parece algo tonto.

—Y aun así tú misma te sentaste en la silla. Nosotros no te obligamos —dijo Rachel finalmente.

Tenía razón. También la odiaba. Suspiré. Me habían pedido que me tomara un tiempo de la Academia, pero no tenía familia a la que visitar. Aun cuando era mitad everiana y había vivido en el planeta por dos años antes de unirme a la Coalición, no sentía que perteneciese ahí. Nunca iría a uno de los planetas lejanos por vacaciones, y no habría venido a la Colonia si Kira no me hubiese invitado. Como insistió más de una vez, cedí; —no la vistaba no porque no me cayese bien, sino porque no me gustaba el hecho de estar sin trabajar—, y por tal motivo aterricé en esta estúpida silla de pruebas. Y eso sin estar ebria; podía beber a la par del más grande atlán gracias a la ascendencia rusa de mi madre y a mi predilección por el vodka, lo cual parecía ser parte de mi ADN.

No obstante, no era parte de mi ADN el deseo de tener niños. Una familia. Lo que fuera que un compañero de la Coalición esperaría de una novia. Podría tener útero, pero no estaba disponible para nada de ese rollo. Para nada.

—Lo sé —respondí, deslizando mis manos por mi uniforme, eliminando arrugas que no existían. Ellas no me forzaron a tomar las pruebas, pero lo hice sin ninguna emoción. ¿A quién conseguiría? Era mitad humana, mitad everiana. Nunca encajé en la Tierra mientras crecía, y solo era *una terrícola* en Everis. Era, como siempre, la rara. No me gustaba estar de mal humor o fuera de control, y todo lo que sentía era alboroto, sudor y el cabello despeinado como si hubiera terminado de follar. Pero sin que hubiera sucedido. Dios, ¿quién era esa pareja con la que había soñado? *Eso* sí era una relación. Una intensa. La conexión era increíble. ¿Y esa forma en que la mujer se había sometido a su compañero? Sí, esa parte no funcionaba para mí. No me sometía a nadie. Como la vicealmirante a cargo de toda la Academia de la Coalición, no necesitaba un compañero que me mangoneara.

Podía ciertamente aprovechar su polla, sin embargo. *Eso* definitivamente podía mangonearme, especialmente en la forma que el macho de mi sueño lo había hecho. Dios, sí. Pero una polla sin un hombre solo era un dildo, y ya tenía suficientes.

—No estás obligada a tener bebés — me recordó Kira, como si hubiera sido capaz de leerme la mente. O me había oído refunfuñando constantemente sobre *por qué* no debería ser una novia desde que ella y Rachel lo sugirieron.

—Ambas lo hicisteis —repliqué, mirándolas. No tenía montones de amigos porque en la academia debía permanecer separada de los estudiantes y la mayor parte del personal. Estando a cargo, simplemente no podía hacer amigos.

Estas dos mujeres me habían tomado

bajo su ala durante mi visita, incluso cuando no estuve muy emocionada por ello. Sabían que era fastidiosa, muchas veces insoportable por mi habilidad de ver las cosas solo en blanco o negro, no literal sino figurativamente. Pero eran terrícolas y era genial poder hablar de cosas de la Tierra. Secadores de pelo. Helado real hecho con leche de vaca, un animal que solo existía en la Tierra. No me sentía tan... diferente.

De alguna forma, ambas me marearon con lo de estar soltera todo este tiempo. Iba seis misiones de la Coalición tarde para tomar la prueba y tener un compañero. Era una solterona y estaba bien al respecto.

—No somos como tú —respondió Kira—. Queríamos hacer bebés.

Claro.

—Doctor Surnen, dígale a la vicealmirante que no está obligada a tener montones de bebés alienígenas para su compañero —dijo Kira.

El doctor, quien se desplazó para

sentarse en una silla con ruedas, me lanzó una mirada.

—La vicealmirante no necesita que se lo repitan —dijo—, no insultaré su inteligencia.

Un prillón listo.

Sonreí y asentí al hombre.

—Bien —murmuró Kira—. Entonces lo haré yo. Eres lista, pero tienes la cabeza metida en el culo en esto. Las pruebas te emparejan con *tu* compañero perfecto, lo cual significa que, si no quieres hijos, entonces las pruebas lo saben. No se te emparejará con un hombre que quiera doce bebés si es tu pareja *perfecta*.

Miré al doctor, quien asintió.

—Bueno, no es como si un emparejamiento ocurriese inmediatamente —dije, caminando a la puerta, hacia el cuarto de pruebas que era parte de la unidad médica—. Volveré a la Academia y puedo esperar. He oído de algunos guerreros aquí que han estado esperando por años.

El doctor se despejó la garganta y todas miramos en su dirección.

—Lamento decepcionarla, vicealmirante, pero sí ha sido emparejada.

Mi boca se abrió de par en par. Mi corazón se hundió.

—¿Qué?

Kristen y Rachel se rieron, aplaudían con las manos como animadoras de un show de porristas. ¿Por qué estaba con ellas?

—Ha sido emparejada.

—Lo oí la primera vez —bufé hacia el doctor—. ¿Eso qué significa?

—Significa que ha sido emparejada en Everis, y con un cazador de élite.

—Claro, fuiste emparejada en Everis —dijo Kristen—. Tiene sentido ya que eres mitad everiana y tienes una marca.

Volteé mi mano y miré la marca sobre mi palma. Mientras crecía en la Tierra, pensaba que solo era una marca de nacimiento. Pero cuando fui a Everis, supe que era mucho más para ellos. Para mí no significaba nada. No esperaba un compañero con la marca, obviamente, ya que recién pasaba las pruebas. Y recién me emparejaban.

—Ni siquiera sabía que era mitad everiana hasta que esos cazadores me encontraron en la Tierra a los catorce años. Para mí, tener la marca despertada era como magia, y no creo en eso. No, no soy una romántica esperando esa clase de sucesos. Soy... realista.

Rachel ladeó la cabeza hacia un lado y me dio una mirada tierna.

—¿Realista? Yo te digo. Te he visto en la arena de combate

Había ido con ellas a ver las peleas, y en cambio me ofrecí a participar. No era usual que tuviesen cazadores en las peleas. O a una mujer.

—Por favor, solo puedo imaginar lo que decía la gente en secundaria. Equipo de atletismo, ¿verdad? —dijo Rachel.

No mentía cuando decía que no sabía que no era totalmente humana. Solo pensaba que era rara, al igual que lo creían todos los que crecieron conmigo en Minnesota, especialmente después de la muerte de mi madre y al acabar en un orfanato. La huérfana que hacía hazañas usualmente imposibles. Cuando era pequeña, podía oír conversaciones que no se suponía que debiera oír, y me metía en muchos problemas. Recordaba esa época no tan divertida de mi vida cuando fui mayor, luego de haber aprendido a escuchar y a mantener la boca cerrada, cuando era ridículamente rápida, alocada y despiadada. Y nunca supe por qué.

De repente, sentí todo aquello que sentía entonces. Aislamiento, inseguridad, ira. Era la rebelde, como la chica gótica que usaba un montón de delineador negro solo para molestar a la gente. *No era que usara delineador*, pero sabía lo que ella sentía. Fui la atleta estrella en una gran escuela porque rompía todas los récords estatales y transnacionales del campo a través y de la pista, convirtiéndome en la heroína de la escuela. Podría haber ganado las nacionales fácilmente, pero renuncié porque apenas me hacían sudar. Mi ritmo cardíaco apenas aumentaba, ni siquiera después de ocho kilómetros. No quería la gloria. No quería becas deportivas para la universidad, en donde tendría que averiguar cómo podía mostrar mis habilidades sin atraer demasiado la atención. No me importaban las universidades prestigiosas o las Olimpiadas. Extrañaba a mi mamá. No recordaba mucho de ella ni de su sonrisa, su aroma o su voz, pero extrañaba *sentirla* conmigo. Sus abrazos, Dios. Estaba sola en el mundo, y la única persona que me aceptaba murió.

No quería atención. Quería respuestas. Siempre quise saber por qué era un fenómeno.

Sabía *por qué*. Tenía sangre everiana en mí. No tenía idea de cómo mi madre lo había hecho con un everiano en Minnesota, pero lo hizo. ¿El donante de esperma se fue a Everis después de una aventura en la Tierra? ¿Había sido asesinado? Nunca lo sabría. Demonios, si esos everianos no hubieran estado en la Tierra para cazar ni hubiesen leído sobre mi victoria en el campeonato de carreras, probablemente seguiría en la Tierra. No era como si ellos me hubieran dado la opción de quedarme luego de ver mi marca, tras haberme visto correr como el viento. Me obligaron a regresar con ellos a Everis. A ser everiana. Lo cual, aunque estaba en mi ADN, no fue fácil. Vaya choques culturales.

—No hay manera en que me vaya a Everis ahora para vivir feliz por siempre con mi compañero —les dije, y miré al doctor para asegurarme de que supiese que hablaba en serio—. Mi deber es con la Academia. No tengo planes de retirarme.

—No tienes que hacerlo, pero *sí* debes ir con él —dijo—. Podréis resolver los detalles después de...

Arqueé una ceja y me crucé los brazos sobre el pecho.

—¿*Yo* debo ir con *él*? Mañana volveré

a la Academia. Puede transportarse y verme allá.

—Es la tradición. Lo siento. La novia que hace las pruebas siempre es transportada con el hombre. Lo deshonrarías al negarte.

Fruncí el ceño.

—No voy a discutir las razones de por qué esa *tradición* debería cambiarse.

—¿Deseas rechazar tu unión? ¿Deshonrarlo?

Por todos los infiernos. Esa era la última cosa que quería hacerle a un honorable guerrero.

—No. No lo rechazo.

—Excelente. —El doctor alzó las manos como si bloqueara mi ataque verbal—. Te transportaré con él. Lo que decidáis, en dónde vais a vivir, será tu problema.

—Puedes ser quien lleve los pantalones —me dijo Kira con un guiño—. Solo ve con él.

Volteé los ojos. Incluso gruñí. La verdad era que me había *encantado* el sueño. Cada segundo. No quería llevar los pantalones en lo absoluto. Quería estar caliente, mojada y desnuda con su lengua, o miembro, enterrado en lo más profundo de mí.

—Se está sonrojando, vicealmirante.

—Kira me sonreía como una obsesionada, cosa que era. No que pudiera culparla. El señor de la guerra Anghar era un guerrero impresionante. Y la verdad era que nadie me había obligado a meterme en la silla de pruebas. Permití que Kira y Rachel me engatusaran, que me alentaran. La verdad era que estaba cansada de estar sola.

—Bien. —Levantando las manos, repetí—. ¡Bien!

Los tres suspiraron visiblemente relajados, lo cual solo me hizo enfadar más conmigo misma por mostrar debilidad o dudar en primer lugar.

—Me transportaré.

El doctor se levantó y lo siguiente que supe fue que Kira y Rachel me empujaron fuera de la puerta, hasta el centro de transporte, probablemente antes de que cambiase de parecer. Una vez en la plataforma de transporte, el doctor se abocó a la tecnología de transporte para establecer las coordenadas en apenas unos minutos. Bajé la mirada hacia mí misma, asegurándome de que el uniforme de vicealmirante de la Coalición estuviera en orden y de que tenía el arma sujetada a la pierna. Si iba a dejar la Colonia, me llevaría todo conmigo.

Le lancé una mirada asesina al doctor.

—No se pase de listo, doctor. Quiero que mi compañero potencial sepa exactamente con lo que está lidiando.

El doctor de verdad sonrió, lo cual era una mueca extraña para un prillón, especialmente en la Colonia.

—Como desee, mi señora.

—No soy una señora.

Seguía sonriendo, pero mantuvo la boca cerrada. Definitivamente era un prillón inteligente.

—¡Dale duro, Niobe! Y luego hazlo

desear. —Kira se rio poniéndose las manos en sus caderas. El doctor se dio la vuelta poniendo una mueca a lo que debió considerar un mal consejo, pero lo ignoré y le devolví la sonrisa.

—Esa es mi intención.

Suplicar. Presionar. Seducir. Que me persiguiera por el bosque.

Mi sexo se contrajo de nuevo mientras los recuerdos resurgían. Dios, no podía esperar.

—¡No hagas nada que no haríamos! —dijo Rachel desde donde estaba, al final de los escalones de la plataforma elevada.

—Te daré tres días, luego te llamaré para que me des los detalles. *Todos* los detalles. —Kira meneó las cejas y la fulminé con la mirada.

—Es un trato. —Con suerte tendría algunos *detalles* que darle. Desvié mi atención de vuelta al doctor—. ¿A dónde iré exactamente? ¿Everis?

Él alzó la mirada rápidamente, luego la regresó a los controles de transporte.

—No, vicealmirante. El cazador de élite Quinn se ubica actualmente en la nave Karter, en el sector 437. De acuerdo a los registros de la Coalición, está realizando patrullajes de reconocimiento en una base subterránea de Latiri 4.

¿La nave Karter? ¿Sector 437? El doctor me enviaba al centro de una zona de guerra. Lo sabía. Y aparentemente Kira también.

—Oh, Dios mío. Ese es el frente de combate. —Su mirada pasó del doctor Surnen hacia mí—. Quizá *deberías* esperar. Ni siquiera está en la nave, Niobe. Está en el campo de batalla.

Cazador de élite Quinn. Buen nombre. Quinn. Mi mente divagó por un momento. Era parte de la élite. Sería fuerte. Rápido. Quizá tan rápido como el guerrero que me perseguía en los sueños...

—Niobe, no. No puedes hablar en serio. Deberías esperar.

Estaba tan preocupada imaginando a

Quinn que me tomó un momento procesar las palabras que decía Kira.

—Espera. ¿Está en el campo de batalla? Pensé que había dicho que se encontraba en la nave Karter.

El doctor Surnen se despejó la garganta, miró algo en su tableta y luego se
giró para verme.

—Normalmente, no se me permitiría
decirte esto, ni sería capaz de transpor-
tarte a esta ubicación. Pero veo que
tienes un alto nivel de acceso en la CI.

—Lo tengo. —Sabía casi todo lo que
pasaba en esta guerra. No todo, pero la
mayor parte. Mi trabajo con la Central
de Inteligencia fue extenso, y duró años.

Él suspiró.

—El cazador Quinn actualmente
opera en una unidad de cazadores, haciendo reconocimiento en la Colmena.
Su unidad está posicionada en una instalación subterránea tras las líneas
enemigas.

—¿Qué?

—¿Mi compañero estaba en territorio de la Colmena?

—La batalla por Latiri 4 y Latiri 7 son cruciales en la guerra. Ambos planetas y sus lunas se posicionan perfectamente para operar bases de ataque de avanzada para varios sectores del espacio. La Colmena no está dispuesta a cederlos, y nosotros tampoco.

Lo sabía. Incluso supe que habíamos seguido la pista de la Colmena y comenzado a construir bases bajo tierra con el único propósito de permitirles tomar el territorio. Una vez que estuvieran instalados sobre el suelo, desconociendo nuestros equipos de reconocimiento subterráneo, reuniríamos sumas importantes de inteligencia en sus movimientos, planes y adelantos tecnológicos. Había leído sobre los nuevos programas subterráneos en una presentación de la CI varios meses atrás. Pero leer al respecto y transportarse a fortalezas subterráneas *debajo* del territorio controlado por la Colmena eran dos cosas muy distintas.

Kira y el doctor me miraban. ¿Quería esperar?

No. No realmente. Pero tampoco era estúpida.

—¿La base es segura?

El doctor volvió a revisar su tableta.

—Estoy seguro de que podrías revisar mejores fuentes que yo, pero de acuerdo con la información actualizada, sí.

Lo procesé por un momento.

—¿Y por cuánto tiempo fue asignado Quinn a la base?

Su suspiro fue largo y profundo, y supe que no me iba a gustar la respuesta.

—Indefinidamente. Las unidades de cazadores no son como los demás activos de la Coalición. Cooperan con la Flota de la Coalición en la medida en que les sea conveniente. Podría irse mañana. Podría estar ahí por años. No hay órdenes fijas. Depende del cazador a cargo de la unidad y de sus alianzas en Everis.

Sí, podría regresar a la Academia y esperar. O podría ir a la plataforma de transporte para tener una loca aventura.

Un cosquilleo de emoción invadió mi cuerpo. No había estado en combate por años, pero pensarlo no me asustaba. La idea de volver a mi simple oficina en la Academia y mirar por esa puta ventana otro día más sí me hacía temblar de miedo. Sí, mi función ahí era importante. Entrenaba soldados. Los volvía listos. Salvaba vidas. Ocasionalmente, la CI me convocaba para una tarea. Pero estos días, eran más asuntos de diplomacia y juegos de espionaje que contiendas abiertas. Básicamente, era una oficinista, lo cual me estaba chupando el alma.

Mi trabajo principal era entrenar nuevos guerreros, asegurarme de que pudiesen lidiar con lo que encontraran allá afuera con la Colmena. Pero estaba aburrida. Sola. Algunos días de emociones y sexo salvaje sonaban increíbles.

—Pasé más de una década en reconocimiento antes de subir de rango para servir en la Academia. No me da miedo ensuciarme, Kira.

Kira era parte de la CI, la Central de Inteligencia. Ella y su compañero, un señor de la guerra de Atlán, aún servían en la lucha. Me conocía lo suficiente para saber que hablaba en serio.

—Lo sé. —No mencionó a la CI en voz alta, pues era contra el protocolo, pero la mirada que me dio decía que entendía perfectamente lo que estaba diciendo—. No es la suciedad lo que me preocupa.

Rachel reía en voz alta cuando las vibraciones de la plataforma de transporte subían por la suela de mis pies. Un segundo después, los vellos de mi brazo se pusieron de punta.

—El transporte empezará en tres... dos... uno.

Entonces mis amigas se marcharon, y nuevamente estuve en una plataforma de transporte.

No en la Colonia. En Latiri 4.

En lugar de que un cazador de élite

me recibiese, vi a tres soldados de la Colmena que se veían tan sorprendidos como yo. ¿Qué demonios sucedía aquí?

Los tres levantaron sus armas simultáneamente, tres guerreros de Viken cubiertos por tecnología de la Colmena. No había luz en sus ojos. No tenían alma. Verdaderamente se habían ido. Habían sido integrados.

Mierda. El doctor Surnen debía actualizar sus datos.

Esta no era una base de la Coalición.

Era un infierno de la Colmena.

3

uinn, *Latiri 4, Base de integración de la Colmena, sector 437*

LAS VIBRACIONES de la plataforma de transporte hacían rebotar mi cabeza en el lugar donde mi mejilla se presionaba contra el duro y frío suelo de la celda. Sin duda, aún más prisioneros estarían por llegar de camino al infierno, más guerreros que no podía salvar.

A la mierda, no podía ni salvarme a mí mismo.

La última inyección que el nexus bastardo me dio me quemaba las entrañas como ácido.

Peor, ahora podía *escucharlos* dentro de mi cabeza, como un zumbido constante de insectos en los árboles de Everis. Era un zumbido. Un murmullo. Un ruido permante. El dolor de cabeza hacía que rechinara los dientes con frustración. Pero no dejé de luchar contra el ruido, sin importar cuánto doliera. Si me rindiera, me poseerían, y prefería estar muerto.

Los tres soldados de la Colmena que corrieron hasta la plataforma de transporte se movieron como silenciosos drones en perfecta sincronía. Ver guerreros de la Coalición totalmente integrados y convertidos en máquinas descerebradas era doloroso, pero no tan horrible como la idea de terminar exactamente como ellos.

Vacío.

Adormecido.

Como un arma para que el nexus

usara contra mis camaradas.

Esta base fue construida para ser un fuerte de la Coalición. Latiri 4 y Latiri 7, ambos en el sector 437 y bajo la protección del comandante Karter, habían sido la línea delantera de esta guerra por largo tiempo. Años. Este sector del espacio era imprescindible tanto para transportar suministros como para contar con una vía de acceso a múltiples planetas deshabitados.

La Flota de la Coalición no podía permitirse perder el control de este sector espacial. Así que esta base subterránea se construyó en secreto cuando este montón de rocas fue nuestro.

Y entonces, los dejamos entrar. Dejamos que la tomaran. Dejamos que la Colmena pensara que había conquistado la superficie y tomado control de nuestro territorio.

En realidad, todo el sitio era una trampa para poder recopilar inteligencia de las líneas enemigas solapadamente. Esta base la habíamos estado usando para espiar las operaciones de la Colmena por casi un año. El conocimiento que adquirimos comenzaba a inclinar la balanza a nuestro favor.

Así fue hasta casi una semana atrás, cuando fuimos emboscados e invadidos por soldados de la Colmena y drones. Las unidades de integración ingresaban justo detrás de ellos, entonces la tortura, las muertes e *integraciones* de mis amigos y camaradas comenzaron.

El nexus arribó el segundo día. Su presencia marcó el fin de los cazadores de élite bajo mi mando. Fuimos apartados, especialmente. Las inyecciones que recibíamos hacían invisibles las acciones de la Colmena para el mundo exterior.

Sin embargo podía sentir lo que me estaban haciendo por dentro. La tecnología microscópica se movía por mis células como un virus, desgarrándolas. Reparándolas. Convirtiéndome en algo *más*.

Vi cómo convirtieron este santuario escondido en un centro de producción de soldados de la Colmena, mientras me preguntaba por qué nadie venía a por nosotros.

¿Cómo era posible que la nave Karter no supiese lo que había ocurrido aquí? Se nos pidió que nos reportáramos a la Coalición con información cada pocos días. Y llevaba en esta celda al menos ocho.

Parpadeé lentamente cuando las vibraciones de la plataforma cesaron. El trío de drones viken se paralizó mientras observaba, alzando sus armas simultáneamente mientras miraban algo que no podía distinguir.

Me levanté ayudándome con manos y piernas, usé la pared para erguirme, ignorando el dolor que rebanaba los músculos de mis extremidades. Sabía por previa experiencia que una vez que me pusiera recto, el dolor se desvanecería.

—No autorizamos tu transporte, mujer. ¿Dónde están tus guardias? —El líder del trío habló lenta y claramente, como si estuviese tomándose unos minutos en procesar su presencia. ¿Y había dicho *mujer*? ¿Qué demonios hacía una mujer aquí? Había mujeres soldados, muchas, pero las enviaban a otro lado cuando eran capturadas. O eso asumía, ya que no había visto a ninguna entrar por la sala de transporte para ser procesada. O salir, sin mente, con sus cuerpos totalmente integrados y listos para pelear contra aquellos que habían sido sus amigos y aliados apenas unos días antes.

Acercándome tanto como podía a las barreras de energía, me paralicé. Escuché. El campo de fuerza resistiría a un atlán en modo bestia. Lo sabía; había visto a varios soldados ensangrentados estamparse allí tratando de salir. No podía escapar, pero podía estar listo. Algo se sentía raro. Algo se sentía... diferente, y no era el zumbido de mi cráneo. Lo que fuera que molestara a la Colmena estaba bien para mí.

Esperé que la mujer desconocida respondiese, como lo hicieron los tres drones de la Colmena, uno al lado del otro, en la sala de transporte.

En lugar de una respuesta, el fuego de una pistola de iones se encargó de ellos con una veloz sucesión de disparos. ¿Los había matado? ¿Era una exploradora enviada por la nave Karter? ¿El primer asalto de un equipo de reconocimiento? La esperanza me invadió la cabeza, mareándome.

Segundos después, la mujer con extraña armadura corrió detrás de los controles de transporte, sus manos se movían tan rápidamente que tenía que concentrarme en seguir sus movimientos. Pestañeaba al verla. Era preciosa. Un largo cabello negro recogido en un estilo simple que no había visto antes. Su armadura cubría cada parte de ella como una segunda piel, pero lo que me asombraba era la insignia que portaba.

¿Una vicealmirante? ¿Sola?

¿Se suponía que esto fuera alguna clase de broma?

¿Quién era esta mujer? ¿Y por qué

estaba aquí?

—¡Eh! ¡Por aquí! —le grité y suspiré aliviado cuando volteó la cabeza. Se giró para verme y dejé de respirar, cada célula de mi cuerpo reaccionaba a la mujer ante mí. Su mirada de oscuro marrón se enterraba en mí como un puñetazo en los intestinos y todo lo que había sufrido en los últimos días se desvaneció en la nada. Las integraciones, la tortura, nada de eso me importaba. Lo que me importaba era *ella*. Necesitaba sobrevivir, no para poder luchar otro día, sino para poder *reclamarla*. Enterrarle mi polla profundamente, dominar su cuerpo, hacerla gritar mi nombre.

Nunca había sido de esos que creían en el amor a primera vista, o en los protocolos de emparejamiento. Ni siquiera en la marca de mi palma. Había visto a colegas everianos conseguir a su compañera marcada, ver la intensa conexión que compartían, pero jamás lo había imaginado para mí mismo.

Mi marca no ardía, no despertaba.

Ella no era mi compañera marcada, pero no era una sorpresa. Menos de uno entre cien, aún menos, jamás conocía a su verdadera compañera marcada. La mayoría de los everianos elegía a sus compañeras como lo hacían aquellos de otros varios mundos, por atracción, respeto, compañerismo.

Deseo. La intangible conexión entre amantes. Esta mujer no era mi compañera marcada... pero sería mía.

Había tomado la prueba de novias hacía mucho tiempo. Cada día que esperaba sin una novia interestelar era una prueba de que tenía razón. La mujer perfecta no existía. Por lo menos no para mí.

No hasta que ella llegó. Demonios. *Ella*.

Esperé a que corriese hasta mi celda y me dejara libre. En su lugar, inclinó la cabeza, probablemente escuchando lo que provoqué al llamarla: más soldados de la Colmena corrían por los pasillos para llegar a su posición. ¿Ella era everiana? ¿Humana? ¿Viken? Definitivamente no era de Atlán. No podía estar seguro desde aquí, no sin acercarme. To-carla. Oler su piel. Y la puta barrera de energía me lo impedía.

Ella volvió la mirada a los controles de transporte.

—Espera. ¡Ya vienen! —advertí. Cerré los ojos y conté los pasos—. Tres más. Pesados.

Las pisadas eran más fuertes, el so-nido de movimiento permanecía como si fuese mayor, cuerpos más lentos se mo-vían hacia nosotros. Estos serían pri-llones o atlanes que habían sido integrados como máquinas de pelea de la Colmena. Sabía que el enemigo gus-taba de mantener a sus más peligrosos guerreros alrededor del perímetro, pero los prisioneros atlán también estaban en este nivel, y se necesitaba a una bestia para combatir a otra. Los soldados más ligeros y veloces estarían en el nivel su-perior, o vigilando las plataformas de aterrizaje. No esperaban un ataque tan adentro de la base. Y yo tampoco.

¿Y era esto un ataque? Una mujer difícilmente justificaba una reacción. Pero claro, ella *había* derribado a tres guerreros antes de que pudiesen reaccionar. La Colmena había cometido una equivocación al pensar que estaría a salvo aquí. Al igual que nosotros. Y yo lo se los demostraría si acaso llegaba a salir de esta celda.

La mujer me ignoró, así que volví a gritarle.

—¡Eh, por aquí! ¡Apaga el campo de energía de mi celda! Puedo ayudarte.

Eso atrajo su atención. Se inclinó y arrebató una pistola de iones de las manos de uno de los cadáveres del trío. Un viken integrado. Pasando por encima de él, se detuvo lo suficiente para poder dispararle al panel de control junto a mi celda. El campo de energía cayó instantáneamente y me lancé hacia adelante, tomando la pistola de su mano.

—¿Qué está pasando aquí? Pensé que esta era una base de la Coalición —dijo ella.

—Lo era hasta hace una semana. La Colmena se transportó y nos barrieron. No hubo advertencia. Pensamos que estaríamos seguros aquí abajo.

—¿Hay más? ¿Otros prisioneros? —preguntó. Pero no me miraba. Estaba observando el pasillo donde sabía que, en cinco segundos, aparecerían tres soldados más de la Colmena. Esta vez más grandes. Más fuertes.

Muchos habían sido transportados hasta acá. Los había visto a cada uno de ellos. Cuántos más quedaban con vida, ni puta idea.

Escuché otra vez. Si tuviera que adivinar, diría un atlán y dos guerreros prillón. Mierda. Ellos no caerían de un disparo. No, ellos serían más duros de matar.

Algo en mi tono capturó la atención de la mujer porque esa mirada sombría volvió a centrarse en mí, ya sea con tristeza o pena en sus ojos. No podía decir cuál era, o cuál querría.

—Cúbrete. Los voy a derribar —le

dije. No necesitaba su lástima. Ahora que estaba libre, con un arma en la mano, el sentimiento de impotencia zumbando en mi cabeza podía irse a la mierda—. Tres de ellos llegarán a nosotros en unos segundos. Y uno de ellos es... era un atlán.

—Lo sé.

¿Lo sabía? ¿Cómo? ¿También podía oírlos?

La mujer no me miraba, ya no. Hizo como le dije y se cubrió detrás de la esquina, solo con el hombro y su pistola de iones para apuntarle a la Colmena.

Su mirada estaba centrada, su pulso firme.

Que los dioses me ayudaran, ella era magnífica. ¿Cómo demonios pudo haber distinguido las grandes pisadas de un atlán integrado? Yo lo hice, pero tenía sentidos de cazador. Ella no era una cazadora de élite. No sabía qué era, además de preciosa —me volteé para ver a los tres cadáveres viken detrás de ella— y letal. Eficiente. Implacable.

—¿Quién eres? —No pude evitar preguntárselo, aun en ese momento en que esperábamos al enemigo. Ella era un misterio. Un completo y total misterio que de verdad quería resolver—. ¿Y cómo llegaste aquí?

Por transporte, obviamente. ¿Pero cómo había conseguido las coordenadas? ¿Cómo sabía de este centro de integraciones secreto de la Colmena?

Y por supuesto, la irritante mujer ignoró mis preguntas.

Se dio la vuelta para mirarme, con sus penetrantes y oscuros ojos, y me dijo:

—¿Vas a quedarte ahí como una diana o vas a ayudarme a sacarnos de aquí?

Reconocí ese lenguaje como terrícola. ¿Era humana? Y si lo era, ¿cómo había oído venir a los soldados integrados? ¿Cómo creía que uno era atlán? Los humanos eran conocidos por su coraje y tenacidad, no por sus sentidos superiores.

—Cúbrete, guerrero. Ya.

Ese tono de voz, el de un comandante acostumbrado a ser obedecido, era uno que no escuchaba mucho de una mujer, y definitivamente no de una mujer tan pequeña y hermosa como ella. No me importaba de qué planeta venía. Aquí, en medio de un maldito centro de integraciones, me puso duro. A mi polla no le importaba que estuviésemos a punto de encarar al enemigo. La quería. Y también su dominancia. Ay, lo que me provocaba. Hizo que mi cazador interior quisiera mostrarle quién estaba a cargo realmente. Quizá no en este momento, pero una vez que le desprendiera el uniforme de ese delicioso cuerpo, ella sabría quién mandaba.

Sonreí. Ah, sí. Yo era el cazador, y ella iba a descubrir rápidamente que era la cazada.

Un rugido hizo eco desde el corredor, el atlán integrado en modo bestia, nos dio el aviso. Con los atlanes nunca sabía si estaban totalmente perdidos con los implantes de la Colmena o si resistían todavía. A veces retrasaban un golpe mortal para dar tiempo a un equipo de reconocimiento o a un guerrero en el campo de batalla para que los derribaran.

Una muerte fulminante era un acto piadoso.

Ubicándome para cubrir la posición de la mujer, revisé el nivel de poder del arma. Como estaba totalmente cargada, establecí la pistola de iones con la máxima potencia.

—Yo los detendré. ¿Sabes cómo usar los controles de transporte?

Ella se giró para mirarme, por encima del hombro, con un rostro de total irritación, con los labios finos y apretados.

—Haz que se mantengan lejos de nosotros y yo nos sacaré de aquí. Tendremos que regresar por algunos prisioneros más.

—Hecho.

Ella se levantó, volteándose para que su espalda estuviese hacia a la pared mientras yo seguía cubriendo el corredor.

—¿Cómo te llamas? —preguntó.

—Quinn.

La mujer parpadeó lentamente, como si mi nombre la hubiera sorprendido, y su mirada recorrió mi rostro con gran interés, con algo más que un simple instinto de pelea.

—¿Eres everiano? ¿Un cazador de élite?

Asentí.

—Lo soy. —Parecía conocer mucho sobre mi especie. Algo inusual. La mayoría de alienígenas que conocía de la Tierra apenas sabían que mi planeta existía.

—Bien. Entonces serás capaz de alejarlos de mí.

Era mi turno para irritarme.

—Claro.

Ella sonrió, la malicia en sus ojos me hizo querer besarla. Joder. A quién quería engañar, quería estamparla contra la pared y enterrarle mi polla profundamente. Pero tendría que esperar hasta que saliéramos de esta roca. Frenaría esos impulsos. Los convertiría en jadeos. Inhalaciones gimiendo de placer.

Sin decir otra palabra, ella se apresuró hacia el panel de control, y yo giré hacia el pasillo mientras el primer atacante aparecía. La bestia atlán integrada estaba enfrente y al centro. Los techos de esta base estaban a tres metros, y aun así se agachaba como si le preocupara golpearse la cabeza.

No sucedería, a menos que saltase para matarnos.

Disparé, sin parar, hasta que la bestia cayó de rodillas. Como la corriente avanzando sobre una roca, los otros dos se pusieron enfrente de él y siguieron viniendo. Guerreros prillón, o al menos solían serlo. Ellos no eran lo que más me preocupaba. Dos disparos para cada uno y caerían, retorciéndose en el suelo mientras el atlán detrás de ellos se esforzaba por levantarse.

—Rápido —advertí— la bestia está volviendo.

—Estoy en ello. —La mujer estaba doblada sobre el panel de control, sus dedos volaban furiosamente. La concentración en su rostro era otra adición fascinante a su repertorio, pero no tenía tiempo de mirarla, como hubiese preferido. Guardé la imagen para después cuando pudiese tomarme mi tiempo, quizá bordeando sus labios con los dedos mientras observaba cómo cambiaba su expresión debido a mi tacto.

—Nosotros. Asesinaremos. —El atlán integrado estaba completamente en modo bestia, y aparentemente, él, o ellos, el trío de la Colmena, había recibido órdenes de matarme. Probablemente *matarían a la mujer* también.

—Hoy no. —Disparé, tomándome mi tiempo, dándole a los puntos vulnerables en la armadura de la bestia. Su cuello. Sus rodillas. Su rostro, cuando pude tomarme el tiempo para un tiro extra.

Oí el crujir de su casco y frené el impulso de cantar victoria. Mientras lo observaba, se sacó el casco y lo apartó a un lado, olvidándolo.

Dios, era endemoniadamente enorme.

No quería matarlo. No quería. Un tiro en la cabeza lo derribaría ahora, pero lo conocía. Había trabajado con él por los últimos meses. Antes de que fuera capturado. Desde la invasión de la Colmena a esta base, no lo había visto ni una vez. Hasta ahora. Hasta que estuvo lo suficientemente integrado para estar bajo su control, para pelear y tratar de matarme.

Solía ser un buen hombre. Honorable. Un verdadero guerrero.

—Maldito seas, Zan.

Ajustando la configuración de mi arma, esperaba que la menor potencia pudiese dejarle inconsciente, no matarlo. Los guerreros prillón que había matado no eran de esta base. No fueron integrados tan recientemente, como lo estaba este atlán. Eran antiguos convertidos, solo cascarones, cuerpos con tantas integraciones que eran de la Colmena por completo. Absolutamente enemigos. Había escuchado que la Colmena juntaría conquistados y fiables soldados como estos dos prillón con los atlanes en un esfuerzo para controlar a las bestias. Con estos guerreros prillón derribados, no había posibilidad de ello. Zan me embestiría ahora, completamente fuera de sí.

Mierda.

Levanté mi rifle y apunté. Le di un disparo aturdidor.

Su cabeza se volcó hacia atrás y cayó como un árbol. Avanzando rápidamente, le revisé el pulso.

Aún respiraba. Bien. El disparo aturdidor había funcionado, incluso en una bestia.

Deteniéndome para escuchar, oí a la mujer maldiciendo en voz baja mientras más pisadas se acercaban a nosotros. Claramente también podía escucharlas. Probablemente estaban a dos pasillos de

nosotros, pero solo teníamos algunos minutos. Tres como mucho. Y había más de
tres atacantes esta vez. *Muchos* más.

Y el atlán era colosal, pero necesitaba
salvarlo. No podía dejarlo aquí si había
alguna posibilidad de que sobreviviese,
aunque fuera en la Colonia.

Tomé la única cosa que podía en-
volver en un brazo y lo arrastré por la
pierna hasta la sala de transporte. Los
tres técnicos de transporte que la mujer
mató yacían en el suelo, muertos. Igno-
rados. La mujer alzó la mirada del panel
de control, miró al atlán, y se extrañó.

—Es un amigo. —Zan era un guerrero honorable, no lo dejaría atrás. Y
ninguno de nosotros se iría si ese bastardo azul llegaba hasta aquí—. Sácanos
de aquí antes de que llegue la unidad nexus. Zan no podrá con él si se despierta.

Su cuerpo se paralizó.

—¿Hay una unidad nexus en esta
base?

—Sí. —No estaba seguro de cómo o
por qué ella sabía lo que era un nexus,

ya que esa información era solo para operativos de alto nivel y comandantes, pero estaba muy ocupado forcejeando con el cuerpo descomunal de la bestia para preguntarle.

—Tenemos problemas más grandes. Un transporte está en camino y no puedo anular el comando. Es demasiado tarde.

Solté la pierna de Zan, dejándolo aturdido y tumbado en el suelo. No había mucho lugar para maniobrar con él ocupando la mayor cantidad de espacio, además de los técnicos muertos. Me di la vuelta para mirar la plataforma de transporte. Como ella me lo advirtió, el zumbido llenó el aire y las vibraciones se movían por mis pies.

—¿Aliados?

—No, no lo creo. —La mujer tomó las armas de los técnicos muertos, lanzándome una. Revisé los ajustes y la activé. Nunca hacía daño tener dos armas en lugar de una—. Están trayendo más luchadores de la Coalición... prisioneros, para integrar.

Preparando su propia pistola de iones e hincándose sobre una rodilla, ahora tenía un arma activa y lista en cada mano, como yo. Ella usó el panel de control como cubierta. Esperando.

—¿Cuántos son? —le pregunté.

—Siete.

Joder. Era demasiado, si eran todos de la Colmena.

—La Colmena trabaja en tríos. Siempre. Son endemoniadamente consistentes. No habría dos grupos para un prisionero. Serán tres guardias con cuatro prisioneros. Ocurre varias veces al día. Yo lo sé.

Desafortunadamente tenía razón.

Ella asintió, pero no me miró. Volví mi atención a la plataforma mientras siete figuras aparecían.

Era fácil distinguir a la Colmena de la Coalición. Fácil de apuntar. Disparar. Matar. Los tres guardias de la Colmena, como imaginé, no se esperaban una emboscada dentro de sus propias instalaciones. Los prisioneros no escapaban. No ofrecían resistencia.

Pero yo lo hice. Y también... ella. Derribó a dos de ellos casi tan deprisa como yo derribé a uno. Era magnífica. Joder, y ni siquiera sabía su nombre.

Los cuatro soldados de la Coalición se desplomaron sobre las rodillas y bajaron sus cabezas para protegerse. No podían hacer nada fuera de lo que habían sido entrenados. No tenían armas. Estaban inmovilizados.

Había terminado en segundos. Los guardias murieron. Los prisioneros miraron hacia arriba, hacia donde estaban, lo que había pasado.

—¿En dónde demonios estamos? —preguntó un prillón, probablemente observando que estaba en una plataforma de transporte de la Coalición.

—Latiri 6. Lo explicaré más tarde. Sube al atlán a la plataforma. Nos vamos de aquí —ordenó.

La mujer ya me ignoraba, esperando

que cumpliera lo que se me dijo mientras sus dedos volaban por encima de los controles. Maldita mujer. La quería, y quería postrarla a mi voluntad, conquistarla en cuerpo y alma. Este no era el lugar o el momento de discutir, sin embargo. Y ella tenía razón.

Tomé una llave electrónica de la cadera del cadáver viken integrado más cercano e hice un gesto para que los cuatro prisioneros viniesen a mí. Y lo hicieron, sin retrasarse, y les solté las ataduras. El más cercano, un prillón de apariencia feroz, a quien los demás parecían someterse, movió a los otros tres hacia el atlán.

—Tenéis vuestras órdenes, meted al atlán en la plataforma de transporte.

La mujer tras los controles alzó la mirada por el sonido de su voz.

—Qué bueno verte, Prax. Ha pasado mucho tiempo.

El capitán prillón, Prax, le sonrió. Ella le devolvió la sonrisa, una nueva expresión que no estaba dirigida hacia mí.

Parpadeé, tratando de no fijarme en eso. Dios, era endemoniadamente hermosa. ¿Y quién era ella para que este prillón la conociera y siguiera sus órdenes sin rechistar? El prillón portaba el rango de capitán en su uniforme, y yo no dudaba de su asesoramiento en esta situación. Ellos claramente se conocían, pero, ¿cómo?

¿Ella le pertenecería? ¿Era su compañera? ¿Había reclamado a mi mujer?

Mi mujer. El pensamiento recorría mi mente aun mientras le daba al prillón desconocido la pistola que me sobraba y ayudaba a arrastrar al enorme atlán hasta la plataforma de transporte.

Trabajamos como equipo para subirlo a la plataforma. Aun siendo cinco fuertes soldados teníamos problemas con la bestia. Una vez que lo tuvimos en posición para transportarse con nosotros, le di mi arma a otro de los soldados y fui al lado de la mujer. Tomé igualmente su arma extra y se la lancé al tercer guerrero, luego cogí la pequeña pistola de iones, que estaba a mi alcance, de donde ella la había dejado, sobre el panel de control.

Los guerreros adoptaron posiciones defensivas alrededor del atlán inconsciente, y yo me coloqué entre mi mujer y la puerta abierta. Podía oír cómo venían los soldados de la Colmena, sabía que los prisioneros pelearían hasta la muerte, más que contentos de dispararle a cualquiera que tratase de jodernos.

—¿Puedes sacarnos de aquí? —le pregunté. La mujer había estado en los controles por lo que se sintió como horas, trabajando con esas pequeñas manos con ágiles y hábiles movimientos.

—Sí. Pero antes sellaré toda la base.

¿Qué acababa de decir?

Me di la vuelta para mirarla.

—¿Cómo?

La mujer ni siquiera me miró; en su lugar, le habló al panel de control.

—Iniciar protocolo de bloqueo. Código de mando... —recitó algunas palabras en el idioma natal de Prillon Prime y esperó. Algo hizo un ruido y sus hombros se aflojaron aliviados—. No entraron al sistema principal. Mis códigos de mando aún funcionan.

¿Qué acababa de pasar? Nadie podía sellar toda una base. No era posible.

—Eso es imposible.

—Tengo códigos de mando nivel dos, cazador. Nadie entrará o saldrá de esta base sin mi permiso. Ya no. —Me miró mientras se alejaba del panel de control, hacia el capitán prillón. Me retiré de la puerta, acercándome a él igualmente pues no me gustaba que ella estuviese tan cerca del guerrero, ya que era momento de transportarnos fuera de este infierno.

¿Códigos de mando nivel dos?

El nivel uno era el Prime Nial mismo, el líder de toda la flota de la Coalición, gobernante de la Coalición de Planetas, y quien lo controlaba todo. Si lo que ella decía era verdad, solo el mismísimo Prime podía anular su bloqueo de esta base.

Los comandantes de las naves de guerra, como el comandante Karter, solo tenían códigos nivel cuatro. Los míos eran nivel cinco.

Joder. ¿Quién exactamente era ella?

—Vámonos. —El capitán Prax comenzó a caminar—. Debo revisar al resto de mis hombres.

No tenía el coraje de decirle que probablemente ya estaban encerrados en celdas en las profundidades de la base, siendo integrados. Destruidos.

La mujer saltó a la plataforma de transporte y el capitán prillón se colocó entre ella y el pasillo en posición defensiva, y no solo aquella de un guerrero protegiendo a una mujer indefensa. Había demasiado conocimiento en sus ojos. Respeto.

¿Quién *era* ella? ¿Era de la CI? No conocía ningún soldado con códigos de mando. A menos que solo fuese víctima de un accidente y un técnico de transporte la hubiera enviado accidentalmente al sitio equivocado.

Claro, eso no era así. Era demasiado inteligente, demasiado perspicaz y rápida para que fuese algo tan ridículo como eso. Y si algo así de extraño la trajo hasta mí, ese técnico de transporte probablemente terminaría en una celda de la Coalición.

Sentí las vibraciones y escuché el zumbido.

—¿Todos listos? —preguntó, alzándonos la mirada a los seis que estábamos en la plataforma de transporte. Había pasado como un minuto desde que llegaron los prisioneros, y ya los iban a sacar de aquí. Vaya suertudos.

Muy, muy suertudos. Además de tener al atlán ya tendido a sus pies.

—Joder, sí —dije. Los otros gritaron y rugieron su afirmación. Habían sido derrotados, pero su pelea estaba de regreso. Saldríamos de aquí.

Escuché pisadas con mis sentidos de cazador.

—Ya vienen —dije.

La mujer asintió, ya fuera porque me

creía o porque también podía oírlos. No era momento de preguntarse cuál era.

—Cinco segundos.

Me moví con rapidez a su lado. Levanté su barbilla para que me mirara. Hacer que se tomara cinco segundos de esos para concentrarse en mí.

—¿Quién eres? —le pregunté. Los vellos de mi cuerpo se tensaron por el transporte inminente.

Tres segundos.

Dos segundos. El equipo de la Colmena entró a la sala. Por el rabillo del ojo los vi apuntarnos con sus armas. Los otros guerreros les dispararon, pero yo lo ignoraba todo. Solo podía mirarla. Mirar a la mujer que salvó mi vida. Más la vida de seis guerreros.

—Soy tu compañera.

Un segundo.

Y nos habíamos ido. Nos transportamos fuera del infierno de la Colmena y a salvo. Con mi...

Compañera.

4

N iobe, nave Karter, sector *437*

REALMENTE NO QUERÍA SOLTÁRSELO de esa manera.

Soy tu compañera.

No fue mi momento más brillante, exactamente. Ni siquiera le había dicho mi nombre.

Y, sin embargo, me *había* transportado al medio de una base de integración de la Colmena —una base de integración *desconocida* que se suponía que nos pertenecía—y me vi forzada a luchar por mi vida, y la suya, tan pronto como tuve tiempo para parpadear. ¡Qué bueno que no viajaba sin mi arma! ¡Qué bueno que mis instintos y reflejos no se habían oxidado al dirigir la academia! Mi comandante en la CI se reiría solo de pensarlo.

Al fin y al cabo, mis años en una nave de reconocimiento habían dado frutos de gran manera. El viejo entrenamiento volvió instantáneamente, como si jamás lo hubiera abandonado, considerando que estuve sentándome tras un escritorio o entrenando nuevos cadetes por los últimos años.

No me sorprendió la expresión de asombro del oficial de transporte en la nave del comandante Karter cuando siete soldados se transportaron sin previa aprobación o planificación, pues yo *ingresé* un protocolo de anulación para que nos desplazara a las profundidades de la nave de guerra más cercana, tan lejos de la Colmena como podía llevarnos en la menor cantidad de tiempo. Podía habernos transportado a cualquier lado. La academia. Everis. Prillon Prime. Ninguna de esas opciones tenía sentido considerando dónde habíamos estado. Lo que sabíamos.

La nave Karter era la opción perfecta. No solo estaba en el mismo sector que la base escondida de la Colmena, sino que era la única nave lo suficientemente cercana para dirigir un asalto a la Colmena, que estaba usando *nuestra* base para torturar y asesinar a *nuestros* guerreros, justo bajo nuestras narices, y tan pronto como pudiéramos encargarnos del problema, más guerreros podríamos salvar.

El hecho de que la Coalición no supiera que la base había sido tomada por el enemigo me enfurecía. Conocía al comandante Karter, ese prillón tan duro como la piedra. Había trabajado con él en numerosas misiones de la CI con la comandante Chloe Phan. Confiaba en que el comandante Karter actuaría rápidamente, sin mostrar piedad.

Había sellado esa base secreta, atrapando a los soldados de la Colmena como ratas en un barril. Los códigos de transporte impedirían cualquier movimiento afuera o adentro, a menos que autorizase el transporte personalmente, o que el mismísimo Prime Nial eligiera anular mis códigos. No. Nada entraría o saldría de la base hasta que tuviéramos suficientes guerreros para entrar y limpiarla, salvar a nuestra gente, y atender este desastre.

Quinn no sabía cuántos más seguían allá abajo, vivos y atrapados con la Colmena. ¿Cómo podía saber el número exacto cuando había estado en una celda tras una barrera de energía y los de la Colmena eran unos cabrones? Teníamos que volver. No arriesgaría la vida de otro soldado por ese infierno. Él tampoco, considerando lo que probablemente la Colmena le hizo pasar. Quién sabría qué integraciones tenía o las torturas a las que lo habrían sometido.

El guerrero detrás del panel de control de transportes nos miró, con la mandíbula caída por un momento antes de poder controlarse. Las vibraciones cesaron, mi cabello dejó de chisporrotear.

—¿Quiénes sois? —preguntó. Asombrado. Evidentemente confundido—. No estáis en mi lista de transporte. —Miró al capitán prillón detrás de mí, un cadete que había entrenado varios años antes. Un buen guerrero y un hombre honorable—. ¿Capitán Prax? ¿Es usted? Lo reportaron como desaparecido en Latiri 7. ¿Cómo llegó aquí?

Prax gruñó mientras el atlán a nuestros pies comenzaba a moverse y a apuntarle al guerrero, pues había vuelto a su forma normal, la cual seguía siendo de ciento treinta y seis kilogramos, y una altura de dos metros y diez centímetros. La bestia ya se había ido. No conocíamos en qué medida estaba integrado. Demonios, ni siquiera sabíamos si tenía salvación.

Salí de la plataforma, hasta estar frente a sus escalones.

—Soy la vicealmirante Niobe. Necesito ver al comandante Karter y a la comandante Phan de inmediato.

La mano del hombre se movió rápidamente para verificar mi identidad, pues era parte del protocolo. Esperé impaciente, mis botas zapateaban el suelo de la sala de transporte mientras la pantalla detrás de él mostraba el reflejo de lo que veía en el panel de control. Una imagen de mi rostro apareció, junto con mi historial de servicio y un gran emblema en la esquina superior, confirmando que era vicealmirante, no era que fuese a perdérselo al mirar mi uniforme, así como mi estatus como miembro de la CI. El hombre me miró, luego hacia abajo, y luego de vuelta arriba.

—Enseguida, vicealmirante. Informaré a los comandantes de su llegada.

—Bien. —Asentí, tratando de ignorar al cazador detrás de mí, mi *compañero*, quien se acercaba. Demasiado cerca, como un alfa. Uno muy protector. Me alejé algunos pasos porque necesitaba mantener el control. Respirar su aroma, sentir el calor emanando de su cuerpo, la mirada en su rostro... me distraía. Y endurecía mis pezones.

—Alerte a los médicos. —Incliné la cabeza hacia la plataforma—. Tengo un atlán integrado aquí, y cuatro prisioneros rescatados de una instalación de integraciones de la Colmena. Eran recién llegados allá y no tienen nuevas integraciones, que yo sepa, pero necesitan un examen médico completo por si acaso.

El técnico asintió.

—Sí, vicealmirante.

Se levantó, mirándonos a todos por otros pocos segundos, observando a los magullados prisioneros, al cazador everiano, al atlán inconsciente lleno de tecnología de la Colmena y a mí.

Alcé las cejas. No tenía tiempo para estas tonterías.

—Ya.

Se sobresaltó como si lo hubiera picado una abeja y unos segundos después, un equipo médico vestido de verde entró apresuradamente a la sala de transporte. El atlán fue inyectado con lo que asumí era un fuerte sedante mientras los demás eran llevados fuera de la sala, hacia la estación médica. El capitán Prax asintió, ya fuera en agradecimiento o despedida, o por cualquier otra cosa. Solo estaba contenta de que estuviese a salvo. En una sola pieza.

Levanté una mano, indicándole a un doctor que se quedara. Asintió levemente y esperó mis órdenes. Había un terco everiano que sabía que necesitaba ser cuidado. También sabía que no lo permitiría, no hasta que hablase conmigo. ¿Decirle que era su compañera y luego transportarnos a la nave? Sí, seguro que no era la manera en que normalmente se hacía.

Me di la vuelta. Sabía que Quinn no se había ido con los demás. Lo sentí viéndome, devorándome con su mirada. Era intenso. Sensual. Ávido.

—¿Por cuánto tiempo fuiste prisionero? —le pregunté. No quería saberlo, y lo pregunté de igual modo. Mi corazón, del cual ni siquiera sabía de su existencia hasta hacía poco, ahora sufría por él. Mientras estuve en la Colonia con Kira, Angh y los demás, a él lo estaban torturando.

—Perdí la cuenta de los días. Una semana. Quizá más.

Solo podía imaginarlo. La base era subterránea. No había ventanas. No había luz. No había nada para orientarse. Él se acercó, alzó una mano hacia mi rostro, bordeándome la mejilla con la punta de sus dedos. Para un cazador, y uno que sabía era de élite, su roce era gentil y el movimiento lento.

—¿Lo que dijiste es verdad? ¿Eres mía? —preguntó con voz suave.

—Sí. —No había razón para negar

nuestro emparejamiento—. Y tú eres mío.

Quería decírselo desde un principio. No era una blanda y sumisa mujer. Exigiría tanto como daba. Quizá más.

—Por los dioses. —Se inclinó cerca, acariciándome el costado del cuello mientras le indicaba al doctor que se acercara—. ¿Cuál es tu nombre?

—Niobe.

Repitió el nombre, respirándome. Sus manos descansaron sobre mis caderas y me sacudí, la adrenalina de la batalla y su cercanía combinadas me abrumaron por unos segundos. Pero ya no más. Había sido torturado. Integrado. Estaba herido. Demasiado delgado. Los círculos bajo sus ojos reflejaban varios días sin sueño. Las líneas alrededor de su boca reflejaban el dolor. Y solo podía imaginarme el daño psicológico por el que había pasado.

—Debes ir con el médico, Quinn.

—Estoy bien. Estaré bien. Te necesito a ti, no a un doctor.

Me reí, no podía evitarlo, el sonido fue una sorpresa hasta para mí. Era alguien enérgico, mi compañero.

—Temía que lo dijeras.

Mi comentario atrapó su atención y alzó la cabeza para mirarme a los ojos.

—Niobe.

—Quinn.

—Quiero besarte.

Dios, sí. *Bésame.* Asentí al doctor detrás de él.

—Muy bien. Y luego irás al doctor.

—Luego te haré mía —gruñó.

Antes de que pudiera responderle, sus labios se estamparon en los míos, robándome el aliento, y la cordura. Como su tacto me quemaba el cuerpo, tuve que usar cada gramo de disciplina que tenía para levantar una mano por su espalda y señalarle al doctor que se acercara y lo inyectase para derribarlo.

Supe el momento en que lo hizo, pues Quinn se aflojó en mí, con nuestros labios aún tocándose. Mientras sus rodillas se doblaban, sus ojos se abrieron y mantuvo la mirada. Una mano cubría la inyección en su cuello.

—Te voy a dar unas nalgadas por esto.

Volví a reírme. Cielos, era encantador. Y era endemoniadamente sexy. Nadie me había dado nalgadas, ni siquiera como niña, de castigo, o como adulta para jugar. Nunca. ¿Pero la idea de que Quinn lo hiciera? Mis bragas quedaron arruinadas.

Primero, necesitaba un examen médico completo, algún tiempo en una cápsula ReGen. Necesitaba sanar, y si fuera como cualquier otro hombre alienígena en el universo descubriendo que tenía una compañera, no se iba a distraer. Era mío, e iba a cuidar de él ya fuera que lo quisiera o no. Ya fuera que me diese algunas nalgadas o no.

Sonreí cuando el doctor lo atrapó por atrás y el oficial de transporte vino para ayudar a llevar a mi compañero a la estación médica. Quinn me sonrió, despierto pero sedado, su cuerpo desmayándose antes que su mente. Me observaba fijamente, y noté que esos ojos dorados guardaban oscuras promesas.

No podía resistirme, no podía impedir que mi lado travieso lo provocara.

—Promesas, promesas, compañero.

Siguió sonriéndome mientras se lo llevaban. Yo sonreía como una tonta, reproduciendo toda la escena en mi mente, cuando el comandante Karter entró a la sala de transporte.

—Vicealmirante —su voz rugió—. ¿Qué demonios está pasando? ¿Y cómo llegó a mi nave?

Dos horas después

Quinn, unidad médica

Aun antes de abrir los ojos, sabía dónde estaba, el familiar aroma del interior de una cápsula ReGen llenaba mi cabeza con docenas de recuerdos que no tenía deseos de revivir. Aun así, era mejor que esa prisión subterránea en la que había estado atrapado. Estaba desnudo, pero el hedor del nexus y sus tormentos desparecieron. No tenía dudas de que el doctor había examinado cada molécula de mi cuerpo, buscando tecnología de la Colmena, tratando de evaluar el peligro que podía representar para la tripulación.

Y yo era distinto. El zumbido en mi mente se había ido, pero mi cuerpo se sentía híper consciente, y cada punto de presión en mi cuerpo se sentía agudamente presente en mis sentidos. Sentía el aroma de la solución de limpieza usada en las naves de la Coalición. Los encantos femeninos de mi compañera se encontraban en algún lugar cercano.

Estaba lejos de ser la primera vez en que despertaba dentro de una cápsula ReGen, pero esta vez era única. Esta vez *ella* estaba aquí. Podía sentirla, escuchaba sus latidos y su voz mientras ella y el comandante Karter tenían una intensa conversación al otro lado de la cápsula.

El hecho de que ella se hubiera quedado a mi lado hizo que mi corazón se acelerara. Mi compañera no era una mujer ordinaria. Era una vicealmirante de la Flota de la Coalición y tenía un rango mucho más alto que yo. Basándome en sus movimientos y su forma de hablar, asumí que era humana, de la Tierra... y sin embargo eso no parecía del todo correcto.

Su aroma me recordaba a casa, a Everis, y me preguntaba si realmente sería de mi mundo. Quizá lo fuera, pero había pasado tiempo cazando en la Tierra y adoptó sus costumbres y su lengua. Los cazadores everianos eran maestros para pasar inadvertidos, imitar acentos, gestos; una multitud de indescriptibles detalles que hacían que pareciéramos *alguien más*.

Si ella era everiana, y no humana, entonces me preguntaba qué cazador de élite la había engendrado. ¿Sería su padre una leyenda en mi hogar? ¿O un desconocido?

No era que me importara su historia. No podía importarme dónde había estado en el pasado, mientras estuviese conmigo ahora. Pero era un depredador de insaciable curiosidad, una curiosidad que ella había estimulado con una fuerza que no había experimentado antes. Quería saberlo todo sobre ella. Cada detalle. Desde su nacimiento hasta este momento.

Era mía.

La tapa trasparente se alzó automáticamente y tanto mi compañera como el comandante Karter se aproximaron. Me senté y me froté una mano por el rostro.

—¿Cómo se siente? —me preguntó el comandante.

La mirada de mi compañera recorría todo mi cuerpo. Cada centímetro desnudo. Y, por supuesto, me puso duro.

—Traedle una sábana a este hombre —gritó el comandante, alzando el brazo.

Había visto que mi miembro no estaba herido y probablemente no lo entusiasmara tener una conversación conmigo viéndolo así.

No podía evitarlo. Mi compañera estaba ante mí. Sin reclamar.

El doctor vino y me entregó una sábana blanca, y la tendí en mi regazo.

—Como pudo ver, estoy bien. —Miré al doctor—. ¿Qué me dice de las integraciones?

Él miró la tableta que sostenía.

—Los datos muestran una multitud de integraciones microscópicas. Solo hay un guerrero en los expedientes con esta clase de integraciones, un hombre prillón de la Colonia. Su nombre es Tyran. He revisado su archivo y la clase de implante que usted y él recibieron no parece afectar vuestras mentes hasta llegar a un nivel completo de saturación. Su saturación celular está al ochenta y cinco por ciento.

Joder. Una o dos inyecciones más de ese maldito azul y me habría dominado.

El doctor siguió hablando:

—Las integraciones harán que sus músculos sean mucho más fuertes y resistentes que antes. Y también sus huesos. Creo que el prillón, Tyran, ha pasado por pruebas y es más fuerte que el atlán integrado de la base 3. Mientras no reciba tratamientos adicionales de integración, estará bien. Será más fuerte. Más rápido. Pero estará bien. En cuanto a su salud general, fue privado de sueño y se encuentra desnutrido y deshidratado, pero la cápsula ReGen hizo su trabajo.

—Gracias. —Él decía la verdad. Mi cuerpo brillaba con vitalidad. Con vida.

Ansiedad.

Miré a mi compañera, de igual modo en que la había mirado antes. Pero ya no estábamos peleando por nuestras vidas contra la Colmena. Estábamos a salvo en la nave. Estaba sanado. Nada excepto un comandante se interponía en mi camino para hacerla mía.

Eso y una maldita ducha.

—Necesito bañarme. Comandante, si me disculpa...

—Aún no. ¿Por cuántos días han estado controlando nuestra base?

La mirada del comandante era sombría, implacable. Reconocía la ira cuando la veía, y el comandante prillón vibraba iracundo, con todos los músculos tensos, sacudiéndose con una necesidad de atacar apenas controlable.

—Al menos una semana. Conté ocho días en la celda, pero podría estar mal de cualquier forma. No había reloj ni cambios en la iluminación. Debía adivinar basándome en sus cambios de turno.

Se paseaba delante de mí, cada tantos pasos bloqueaba mi vista de Niobe, pero ella ya no se concentraba en mí. Su mueca era casi tan severa como la del comandante.

—Comandante Karter, ¿cómo es posible que haya tenido una base de la Coalición capturada por la Colmena hace más de una semana y no tuviera idea del ataque?

Gruñó y dio la vuelta para mirarla a ella, pero su voz fue respetuosa, si bien llena de ira.

—Vicealmirante, recibimos reportes en los intervalos acordados, desde la base. Ellos tenían los códigos correctos y transmitieron la información esperada. No teníamos forma de saber. La Colmena imitaró nuestros procedimientos a la perfección.

Ella desvió su mirada hacia mí; el calor volvía, si bien atenuado por nuestras circunstancias.

—¿Debo asumir que esto podría estar sucediendo en otras bases de la Coalición y no tendríamos señales de que algo estuviese pasando?

Él dio un paso atrás. Asintió.

—Sí.

Mi hermosa compañera maldijo y se alejó, moviéndose hacia la puerta por alguna ilusión de privacidad.

—Necesito reportar esto. Debió ser la presencia de la unidad nexus —agregó.

El comandante Karter se paralizó.

—¿Qué acabas de decir? —Se volvió a mirarme—. ¿Hay un nexus atrapado en esa base?

—Sí.

Cuando confirmé la noticia, la tensión del comandante Karter se transformó en algo frío y mesurado. Calculador.

—Toma tu ducha, Quinn. Pasa tiempo con tu compañera. Tienes dos horas, y ni un minuto más. ¿Entendido? Si ambos estáis un minuto tarde en la cubierta de mando para el interrogatorio, sea vicealmirante o no, personalmente iré a derribar vuestra puerta.

La idea me hizo reír, hasta que alcé la mirada para ver el rostro de un seriamente enfurecido guerrero prillón. Estaba listo para destrozar cosas en pedazos, desgarrar, golpear y asesinar. Tic tac. Si no necesitara tiempo para reunir los equipos de asalto, probablemente ya estaríamos en camino a los cuartos de transporte en formaciones de ataque.

—Lo comprendo. Esos que están abajo también son mis hombres. El nexus asesinó a toda mi unidad de cazadores. Nadie lo quiere muerto más que yo.

El comandante Karter inclinó la cabeza como si escuchara la conversación de Niobe con alguien. Ella dijo que debía hacer una llamada y reportar. ¿Pero a quién?

El doctor señalaba.

—Hay un baño allá.

Trepé en la unidad, levantándome ante mi compañera, solo sosteniendo la sábana con mi polla dura debajo mientras ella terminaba la comunicación. No tenía idea de a quién le hablaba, y no me importaba. Aparté el cabello de su rostro mientras observaba cada centímetro de sus rasgos. Ojos oscuros. Pecas en la pequeña nariz. Labios grandes, pero en una línea estricta. Se veía tensa. Preocupada. Bien, lo cambiaría tan pronto como la hiciera mía.

—Pronto, compañera.

—Cazador, lleva tu culo a ese baño —ordenó Karter—, y cúbrete de camino allí.

Después de tantos días de sufrimiento, de dolor, este inesperado giro de los acontecimientos era parecido a un renacimiento. Había sobrevivido. Tenía una hermosa compañera, y la venganza sería mía en cuestión de horas. La calidez que sentía cuando miraba a Niobe era una chispa de felicidad que necesitaba con desesperación. Le di un guiño a mi compañera, y luego caminé hasta el tubo de baño, ignorando al comandante. Podía sentir la inhalación de mi compañera, oler su excitación.

—Doctor, consiga un técnico para hacerle un uniforme a ese soldado en la S-Gen. Deprisa.

Poniéndome bajo el agua caliente, suspiré. Reí. Joder, se sentía bien estar libre. Saber que mi compañera me estaba esperando.

Cinco minutos después, estaba vestido en un uniforme completo de cazador de élite, uno generado recientemente que no olía a desgracia. Karter estaba parado en el mismo sitio donde había estado, con los brazos cruzados sobre el pecho. Lo vi por el rabillo del ojo, pues no lo estaba mirando a él. Miraba a mi compañera. *Niobe.*

—Dos horas —dijo.

No miré hacia donde él estaba. Mi compañera no era una mujer pequeña. Tenía largas extremidades, en un cuerpo grande y exuberante. Tonificado y con músculo, incluso debajo de la armadura del uniforme. Quería desgarrar cada trozo de su ropa y conocerla, parte por parte.

—Cazador —dijo el comandante.

—¿Sí? —contesté, mirando los hinchados pechos de Niobe, la manera en que se alzaban y caían con cada respiración. *Estaba* excitada. Podía olerlo. Sus mejillas se ruborizaban, lo cual era la única señal externa que mostraba que era todo menos la seria vicealmirante que aparentaba ser ante todos. El color rosa de sus mejillas me dejó saber que la había descubierto. Estaba tan ansiosa por mí como yo por ella.

—Cazador —repitió Karter.

—¿Sí? —volví a contestarle.

—Estoy aquí —suspiró—. Si la vicealmirante no me hubiera dicho que fuisteis emparejados recientemente, te lanzaría al calabozo por insubordinación.

—Gracias.

—No quiero tu aprecio, quiero tu atención.

Vi la oscura mirada de Niobe. No la aparté. Estaba hipnotizado.

—Con todo respeto, comandante, no puedo darle mi atención ahora mismo.

Volvió a suspirar.

—Sí, puedo verlo. Tenéis dos horas fuera de servicio, y luego espero veros a ambos en la cubierta de mando.

—¿Por cuánto tiempo estará Zan en su cápsula ReGen? —pregunté. Había estado en toda la base capturado por la Colmena, la cual recorrí desde la celda a la sala de transporte. Sabía lo que estaba pasando ahí mejor que yo. Mejor que nadie que estuviese vivo.

—¿Zan?

—El atlán que trajimos.

—Seis horas más —nos dijo el doctor.

—Entonces tengo seis horas con mi compañera. Zan estaba totalmente integrado. Mientras yo estaba encerrado en una celda, él estaba en todos lados. Él sabrá cuántos guardias tienen, dónde están parados y cuántos prisioneros quedan. Lo necesitamos sano. Necesitamos su información sobre la base. Primero, Zan se cura. Luego, lo interrogamos y volvemos para allá. Salvaremos a todos los que quedan.

Niobe frunció el ceño. Sí, tampoco le gustaba dejar a otros guerreros en un infierno como ese.

—Bien. Seis horas —repitió Karter—. Mientras vosotros dos... os conocéis mutuamente. Haré que un equipo de reconocimiento examine los planes que tenemos para esa base y alistaremos a los equipos de asalto.

Cuando ninguno de los dos lo miramos, el comandante refunfuñó para sí mismo, algo sobre compañeras y demencia.

—Seis horas, vicealmirante. —Ahora le hablaba a mi compañera, quizá esperando conseguir mayor atención. No pasaría—. Recuerdo haber estado en tu lugar. Érica me mataría si no os doy vuestro tiempo.

Pero solo nos lo daría porque tenía que esperar que Zan se recuperase. Lo entendía. Reclamar a mi compañera podía esperar hasta que la búsqueda y el rescate estuvieran terminados, y bajo cualquier otra circunstancia, pero los dioses eran amables hoy... y la saborearía.

Teníamos seis horas. Seis horas.

El comandante se marchó, dejándonos solos en el cuarto ReGen, además de Zan, quien estaba en una de las cápsulas; pero no me importaba si había un batallón entero de soldados tras nosotros.

Tenía a Niobe frente a mí. No podía hacer nada mientras el comandante preparaba sus equipos. Nada excepto follar y conocer a la mujer de mi corazón. Era hora de *tenerla*.

5

𝒩iobe

—TE HE ESTADO ESPERANDO —dijo Quinn. Su ingreso era revelador, exponía el núcleo interno de un cazador de élite, el cual sin duda jamás se mostraba. Solo con...

Una compañera.

Apenas nos conocíamos. Nos habíamos conocido apenas algunas horas antes. Horas. Muchas cosas me habían sucedido hoy. Estuve en la Colonia, pasé las pruebas y discutí con Kira y Rachel. Luego me transporté a un oculto centro de integraciones de la Colmena y rescaté no solo a mi compañero escogido, sino también a otros soldados. Otro transporte nos llevó a la nave Karter, donde había observado a mi compañero dentro de la cápsula ReGen mientras hablaba con el comandante Karter y planeábamos un ataque a la base de la que apenas me había ido.

Debería estar cansada por la batalla, haberme transportado dos veces, la descarga de adrenalina, conocer a mi *compañero*... pero no lo estaba. Para nada. Me sentí revitalizada y viva de una manera que jamás había imaginado. ¿Era por los ojos dorados de este hombre clavados en mí? ¿Era por la forma en que sus músculos se movían y jugaban bajo las líneas de su nuevo uniforme? ¿Era por la conexión, los lazos invisibles que nos conectaban, sin importar cuanto pelease contra el instinto de cortarlas y huir?

No iba a desnudar mi alma para él.

No lo hacía con gente que había conocido por años, ni hablar de algunas horas. No importaba que fuese mi compañero destinado o que *debería* compartirlo todo con él. Mi cuerpo, mi corazón, mi alma. No lo conocía. Aún no. Pero quería hacerlo. Añoraba una conexión más íntima para alguien que era mío.

—Yo estaba esperándote. Tú eras el que estaba en la cápsula ReGen, inconsciente.

—Antes de eso, compañera. Te he estado esperando por mucho más tiempo que ese —replicó. No eran las estúpidas palabras que habían abandonado mi boca, sino la mirada en sus ojos. Posesiva. Hambrienta. Impaciente. Una mirada que hacía que se me estremecieran las piernas y se me endurecieran los pezones. La mirada en sus ojos era un desafío, y la everiana en mí estaba ansiosa por verla. Para *correr*. Justo como en mi sueño de emparejamiento, quería forzarlo a que se probara digno. Veloz. Lo suficientemente fuerte para atraparme.

Para conquistarme.

Joder. ¿De dónde salió *ese* pensamiento?

—No tenías idea de que llegaría a esa prisión —pronuncié esas últimas palabras como si fueran veneno. Ese lugar... Dios, era terrible. No quería pensar qué le habría sucedido a él o a los otros si no hubiera terminado ahí y en ese momento exacto. ¿Por cuánto tiempo habría sobrevivido si no hubiese tomado las pruebas del Programa de Novias Interestelares?

—No me refería a tu oportuno transporte, y lo sabes —respondió. Era tan tranquilo y tan... pacífico. Respiré su limpio aroma, incluso debajo del fuerte jabón de la unidad médica.

Los cazadores resolvíamos los problemas con una actitud calmada, confiada. No se volvían bestias como los atlanes o conseguían a un segundo como los prillones. Éramos independientes. Callados. Mortales.

Con Quinn estaba lejos de estar tranquila. Me sentía... exhausta ahora que él estaba bien. Cautelosa. Desconcentrada. Incómoda porque no estaba en mi elemento. No, no era eso. Eran las seis horas. Teníamos seis horas para jugar. Para hacer el amor. Para conocernos uno al otro.

Y aunque mi cuerpo gritaba «¡sí, sí, sí!» a mi mente no le gustaba la idea de ceder el control. Y sentí la culpa arrastrarse por mi cuerpo, culpa por estar viva y llena de deseos por mi compañero cuando había un número desconocido de guerreros sufriendo en esa base. Esperando. Por mí.

Por nosotros.

Parecía que Quinn podía enfocar su atención mejor que yo. Mi compañero me miraba como si fuese su cena. Y *eso* provocaba una respuesta en mi cuerpo. Pánico. Perdía el control. ¿La misión? Sí. ¿Un compañero? Ni hablar. Me estaba arrastrando, tratando de aferrarme a los últimos restos de tranquilidad que pudiera conseguir, lo cual alteraba mi mente.

—Compañera, tu ansiedad no es algo a lo que temer, es un sentimiento que compartimos. —Su voz era profunda y tranquila, casi reconfortante.

—No compartimos nada. —Alcé la mano para que pudiera ver mi palma, la marca estaba ahí—. No somos compañeros marcados. Solo estamos emparejados.

Aun mientras pronunciaba esas palabras, no las creía. Compartimos bastantes cosas; tan solo no lo entendía, y era algo aterrador.

Quinn encogió esos grandes y musculosos hombros que me endurecían los pezones. Par de traidores. Crucé los brazos sobre mi pecho.

La esquina de su boca se levantó. Respiró hondo y sus fosas nasales se abrieron.

—Eres mía. Lo sabes. Yo lo sé. *Todos*

en esta nave lo saben. ¿Por qué te resistes?

¿Por qué lo hacía? Ah, sí, no necesitaba un hombre mandón. Mi sexo discutía conmigo por ello, pero tenía el control... al menos de mi cuerpo.

Excepto que mis pezones dolían, y más abajo, me humedecía por él. Y él lo sabía. Podía olerlo. Esa áspera voz no me ayudaba para nada a luchar contra mis deseos.

—No puedo darte lo que deseas —le dije. No tenía que desnudar mi alma, pero tuve mis razones.

Esto era un error. Tenía que serlo. No quería niños. No quería ceder mi vida, mi libertad, mi carrera. Marcaba la diferencia en esta guerra. Entrenaba cadetes, me aseguraba de que estuvieran listos para la Colmena. Intenté salvar vidas, y mi trabajo era importante para mí, demasiado importante. Nunca debí sucumbir a un solo momento de debilidad, de soledad. El cazador de élite Quinn de Everis probablemente quería una pe-

queña y sumisa esposa y diez bebés corriendo por la casa persiguiéndose unos
a otros y gritando estruendosamente.

Esa vida no era para mí. No estaba
destinada a estar con alguien. Mierda.
Metí la pata.

—Nunca debí haber tomado las
pruebas de novia.

Su pálida mirada corría sobre mí un
poco más, desde la punta de mi cabeza
hasta las botas de mis pies. Pausada-
mente, como si él hubiera tenido todo el
tiempo del mundo. Como si hubiera tenido todo el derecho de hacerlo.

—No estoy de acuerdo. Eres perfecta
y no puedo esperar para enterrar mi
polla en tu cuerpo, hacer que acabes.
Hacerte mía.

Oh, mierda. Quizás acabé un
poquito.

—No me conoces.

—Eso es cierto, compañera, pero lo
haré. —Sus palabras no eran una amenaza, eran un voto, una promesa. Quinn
era un cazador y yo comenzaba a en-

tender por completo lo que significaba tener total atención de un hombre de élite de Everis. Él jamás se detendría. Jamás cedería.

Los pensamientos giraban en mi mente como un tornado. Esto no podía ser real, ¿o sí? ¿Quinn era mío realmente?

No. De ninguna manera. Él ni siquiera me conocía todavía. Tenía treinta días para rechazar el emparejamiento y volver a mi aburrida, predecible y responsable vida. Treinta días, también, para que él decidiera que quería quince bebés y a alguien diez años más joven.

En fin. Esto era una mierda. Una mierda mental, emocional y física. Nunca debí dejar que Kira me convenciera. Debí haber dicho que no, irme a casa y abrir una botella de vino de Atlán. Un vibrador no querría niños ni demandaría sumisión. O secretos. Verdad. Confianza.

¿En qué *había* estado pensando?

Dándome la vuelta, avancé hacia la

puerta. Se deslizó para abrirse silenciosamente y salí. No me detuve hasta salir
de la unidad médica.

Quinn no me siguió. Sobre todos los
sonidos de la nave, desde la baja vibra-
ción de los motores al tintineo de los
platos en la cafetería del piso inferior,
podía escuchar a Quinn. Su respiración,
el ritmo lento de su corazón. No se había
movido.

Al final del pasillo, pulsé el botón del
ascensor sin saber a dónde iba. Solo necesitaba alejarme, retomar el control
nuevamente. Mientras más cerca estaba
de él, menos lo tenía. ¡Maldito sea!

—Puedes huir, compañera, pero yo
voy a atraparte.

Mis ojos se cerraron ante el sonido de
su voz, y dolorosa y temblorosamente mi
cuerpo volvía a la vida con la necesidad de
correr. Él seguía estando en el cuarto Re-
Gen. Su voz no fue más que un suspiro,
pues no necesitaba hablar alto para que lo
escuchase. Solté un gimoteo ante la idea
de que pudiese atraparme. Había hecho

aquella cosa, la única cosa, que me garantizaría que esto no se había acabado. Al contrario, solo estaba empezando mientras yo tentaba al hombre en él con un desafío al que no se negaría ni se resistiría. Había huido. Le había lanzado el desafío definitivo para un cazador que cortejaba a su mujer. Había corrido, lo había retado a atraparme... no, *le exigí* que me atrapase, que me demostrara que era digno.

Él me seguiría.

Apretando mis piernas, me di cuenta de que mi instinto de huir era el de una mujer everiana para desafiar a un compañero potencial, exigiéndole que demostrara dignidad. Forzándolo a dominar en la cacería.

Era un tipo de baile de unión. Había convocado a la bestia interior de Quinn, si él tenía una. Yo era su compañera. Estaba aquí. Estaba huyéndole. Y él debería encontrarme, reclamarme y hacerme suya.

Quinn no pudo hacer nada que un compañero habría hecho normalmente cuando me transporté a la base controlada por la Colmena. Había sido encarcelado. Lo había salvado. No dudaba de su agradecimiento por ello. Pero ahora que él estaba a salvo, y la cápsula ReGen lo sanó por completo, estaba haciéndose cargo, tomando el control.

Y yo se lo había dado.

La persecución le daba poder.

¿Y en una nave? Era como una obra infantil. No tenía dónde ir. No podía correr. No podía esconderme.

Quinn me *encontraría*.

No estaba segura de si debería estar ansiosa o enfadada.

Cuando las puertas del ascensor se abrieron y entré, sentía ambas.

—No quiero un compañero —dije. Afortunadamente, el ascensor estaba vacío o la gente se preguntaría por qué hablaba conmigo misma. Pero no estaba sola. Escuché la risa de Quinn, la cual me tenía prácticamente gruñendo de frustración.

—Fuiste a las pruebas. Solo a los atlanes que tienen la fiebre los obligan a someterse a las pruebas de emparejamiento. Tú *definitivamente* no eres un atlán.

Las puertas del ascensor se abrieron y salí de él. Basándome en el color de las líneas azules de las paredes, estaba en el piso de ingeniería. Fui a la derecha.

—Mi trabajo está en la academia. Yo *dirijo* el lugar. No renunciaré.

Escuché sus pesados pasos y supe que ahora estaba de cacería. Por mí.

Era como las escondidas y él me había dado una ventaja al contar hasta cien antes de comenzar con su búsqueda.

—Puedo vivir donde sea, mujer. Donde sea que estés.

Sus palabras me complacieron y una sonrisa vino a mi rostro sin permiso. Maldito sea por ser tan encantador. Vino a una intersección de dos corredores. Giré a la izquierda. Mi ritmo se aceleró.

—Deja de intentar seducirme, cazador.

—Veo que tus pezones están duros. Sé que estás excitada. Corre, compañera. Escóndete. Yo te encontraré.

Las pruebas volvían a mi mente e imaginé que estaba en un bosque, con el viento sobre mi cabello, mi cuerpo en llamas mientras el hombre que ansiaba se acercaba más y más. Mientras me atrapaba, y me daba nalgadas por todos lados, me llenaba con su...

Gimoteé. Quinn se rio.

El sonido hizo que me apretara. Él podría ser capaz de rastrearme, pero no se lo haría fácil. Dos guerreros prillón salieron de una sala y me deslicé entre ellos con la puerta cerrándose detrás de mí. Miré a mi alrededor. Había mecánicos de algún tipo. La sala se iluminaba por un brillo azul, y las filas de componentes lo cubrían todo desde el suelo hasta el techo. Me recordó a una biblioteca, en la sección de no ficción. Aquí no había libros, sino unidades de almacenamiento de datos que hacían funcionar a la nave. Un bosque de máquinas.

A simple vista, esto no se parecía al sueño de las pruebas, aquel donde la mujer era perseguida por el bosque. Pero en todo aspecto significativo, era idéntico. Ella había disfrutado la persecución, se deleitaba en ella. Quería que la atraparan.

¿Y yo?

Mierda. Ya sabía la respuesta. Sí. Claro que quería.

Y él lo sabía, también.

—¿Sabes lo que te voy a hacer cuando te encuentre? —preguntó Quinn, sus pisadas eran serenas. No tenía prisa, sino que se tomaba su tiempo y lo disfrutaba. Me provocaba. Jugaba conmigo.

Me relamí los labios. Quería saberlo.

—Voy a observar tu rostro mientras abro la camisa de tu uniforme. Mientras mis dedos recorren la circunferencia de tus pechos. Escucharé cómo sube el ritmo de tus latidos. Ay, compañera, ya lo estoy escuchando.

Inhalé profundamente y exhalé. Traté de calmar mi corazón, el cual había empezado a acelerarse. Pareciera que disfrutaba sus sucias palabras, y él ni siquiera estaba en la sala. Dios, ¿en qué me convertiría cuando estuviese ante mí?

Ah, claro, me convertiría en mantequilla.

—Puedo oler tu deseo desde aquí. Con cada paso te humedeces más.

Lo hacía.

El casi silencioso movimiento deslizante en la puerta de la sala me hizo contener la respiración.

Él estaba aquí.

—Compañera —dijo. Esta vez, la voz venía del otro lado de la sala— Respira.

Exhalé.

—Buena chica.

Debería haber estado enfadada ante el comentario, pero no lo estaba. Era...

reconfortante. Delicado. Realmente *me gustó* el halago.

¿Qué me pasaba?

Ah, claro. Ya no tenía control sobre mi sexo.

Y ahí estaba él. Se puso junto al final de la fila de componentes, puso las manos sobre sus caderas y me miró. Me estudiaba. Esperaba.

Tan grande. Tan... masculino. Podía olerlo. Bosque de pinos y un hombre moreno. No tenía idea de por qué lo pensaba. Se sentía como un bobo comercial de colonia masculina de la Tierra. No había ningún olor a *hombre moreno*. Solo que sí lo había, y Quinn lo tenía.

—Deberías buscar a tu compañera marcada —le dije.

Sacudió la cabeza, pero no hizo ningún otro movimiento.

—Estamos emparejados. Eres mía.

—No lo soy.

Entonces él rio.

—Todavía no.

—Soy la vicealmirante. Yo llevo los pantalones en esta relación.

Vi cómo su mirada bajaba a mis piernas. Me mantuve quieta mientras luchaba por retorcerme.

—Dices lo obvio. Tienes los pantalones puestos.

Puse los ojos en blanco. El lenguaje coloquial de la Tierra era desconocido para él.

—No te dejaré controlarme —dije después, esperando ser clara.

—Sí, me vas a dejar —respondió con mucha confianza. Torció un dedo hacia mí, atrayéndome hacia él.

Permanecí quieta y lo observé. No tenía salida, no sin derribarlo en el proceso. No quería hacerlo. *Quería* subirme a él como un animal excitado.

No hizo más que seguir doblando su dedo para atraerme.

Como si estuviera tirando de un hilo, di un paso hacia él.

La mirada en su rostro no cambió.

No se regodeó. No se rio. Solo me quería enfrente.

Así que mi sexo dirigía mi cuerpo hacia donde quería que fuese. Hacia él.

Su brazo de cazador se movió tan deprisa que ni siquiera jadeé. Rodeó mi cintura y sentí cada duro centímetro suyo presionado en mí. Bajó la cabeza para besarme.

No estaba asustada. Sabía que vendría. No era una tonta. Solo me sorprendía. No por ser besada. Me sorprendía el beso.

Maldita sea.

¡Maldita sea!

Fue suave y gentil; no era como lo esperaba. Sus labios rozaban los míos, adelante y atrás, como si estuviera aprendiendo a sentirlos. Cuando besó la esquina de mis labios, su lengua se asomó. Y la lamió.

Jadeé. Me exploraba. Pasó de suave a salvaje en un segundo. No solo me besaba, *yo lo estaba besando*. Mis manos se enredaron en su largo cabello, los sedosos hilos se envolvieron en mis dedos.

Tenía sabor a hombre y a menta, caliente y delicioso. No podía parar.

Yo no era virgen. Había estado con algunos hombres. Pero estar a cargo de la academia me mantuvo lejos de ellos. No podía tener una aventura con un cadete, pues nunca habría tenido una aventura con el personal. La única vez que conseguía aventuras de una noche era después de una misión de la CI.

Nunca nada se había sentido como esto. *Nunca*. Y era solo un beso.

La camisa de mi uniforme se abrió en un instante y sentí la brisa fresca sobre mi piel antes de darme cuenta de que realmente había desatado las correas.

Alzó la cabeza. Retrocedió lo suficiente para poder mirarme. Mi sostén era totalmente blanco y sencillo. Sin encaje. Sin satén. Sin estilo transparente. Y, aun así, la manera en que miraba mis pechos, era como si estuviese en la más elegante y más ligera lencería.

—Quítate la camisa. —Era una orden.

Mis manos se alzaron para obedecer antes de que considerase la mandona petición.

Me tomó un segundo sacarme la tela resistente de los hombros y bajó por mis brazos. Se cayó al suelo detrás de mí.

Quinn dio un paso hacia mí; yo di uno hacia atrás. Él lo volvió a hacer y retrocedí hasta toparme con la pared. Cuando su cuerpo se presionó con el mío, sentí su largo miembro contra mi estómago.

No era la única ansiosa por llevar esto al siguiente nivel. Al mezclarse nuestros alientos, mis pezones tropezaban contra su pecho con cada respiración.

Me mantuve quieta mientras él desataba mis pantalones y los tiraba junto a mi ropa interior. Sus dedos encontraron mi centro de placer.

Jadeé, luego gemí.

—Compañera —gruñó. Levantando sus dedos, pude ver mi brillante deseo alrededor de ellos y observé cuando se los limpió con la lengua.

Mi aroma de ansiedad colmaba el aire. Todos los ruidos, todos los sonidos se desvanecían, excepto aquellos que provenían de esta vacía sala y de nosotros.

Él me volteó y mis manos fueron a la fría pared para darme sostén. Se acercó a mí, dobló las rodillas, y su polla debajo del pantalón frotó mi sexo y la abertura de mi culo.

No tenía nada en la pared, nada a lo que sostenerme o aferrarme, lo cual me llevó a aferrarme a mi control, el que había dejado en el suelo junto a la camisa de mi uniforme.

Girándome para mirarlo, le dije:

—Soy la vicealmirante de la Flota de la Coalición.

Su mentón se contrajo, los músculos en su cuello se tensaron. La mano en mi cintura era firme, pero gentil. Él no me heriría.

Lentamente, sacudió la cabeza.

—Aquí, conmigo, eres mi compañera. Nada más. Puede que estés al mando allá afuera. —Quinn inclinó la cabeza a un lado, hacia la dirección de la puerta de la sala—. Pero conmigo, te sometes.

Era mi turno de agitar la cabeza.

—No quiero eso.

Su mano volvía a buscar entre mis piernas. La deslizó sobre mis gruesos labios, sumergiéndola en mi coño, lo cual hizo que me pusiera de puntitas, y luego la apartó. Pintó mis labios con mi propia esencia.

—Sí quieres. Saboréalo.

Mi lengua salió.

—Lo quieres. Sométete aquí. Para mí. *Solo* a mí.

Se abrió los pantalones, estiró el brazo y sacó su polla. Demonios. Era grande. Larga. Gruesa. Líquido preseminal surgía de la punta y él tomó la base, frotándola.

—Solo a esto.

Gemí. Y yo *nunca* gemía.

Con su mano libre, me giró y mis manos golpearon la pared nuevamente. Esta vez, era yo quien empinaba el trasero.

Quería esa polla dentro de mí. Lo necesitaba.

—Bien. Así mismo, compañera.

No esperó. Solo nos habíamos besado. Todavía estaba usando el sostén. Apenas estábamos descubiertos, exceptuando las partes importantes. Aun así, las caricias habían comenzado en el momento que se levantó de la cápsula ReGen de la unidad médica.

Estaba húmeda. Ansiosa. Lo quería.

Él me tomó, embistiéndome con en un gran y lenta embestida de su polla hasta lo más profundo. La mano en mis caderas se apretaba, me mantenía quieta cuando quise alejarme. Era tan grande

que me abrió de par en par, llenándome
tanto que casi resultaba ser *demasiado*.

Gruñó. Me tomó con fuerza. Nuestras carnes chocaban. Se volvía difícil
respirar. La ansiedad crecía. Florecía.
Explotaba.

Entonces una mano bajó a mi culo y
me dio una nalgada. Fuerte. Me sobre-
salté, apretándome en él.

—Eso es por drogarme, compañera.
Por obligarme a entrar a esa cápsula.

Era demasiado. *Esto* era demasiado.
Tomada y usada como quería el hombre.
No era un intercambio justo. Él me estaba tomando. Me estaba haciendo suya.
Me metía su polla mientras ansiaba conseguir su placer. *Me daba nalgadas* como
castigo.

Me corrí. Yo fui quien tuvo el orgasmo. Quien prácticamente gritó de
placer en una sala de mecánica de una
nave de guerra. Quien se apretaba alrededor de su rígido falo porque aquella
nalgada realmente había sido muy excitante. Mi sexo lo apretó con tanta fuerza

que lo hizo gruñir, embestirme una vez
más y correrse.

Solo cuando mi cabeza se aclaró lo
suficiente para procesar pensamientos,
me di cuenta de que no me había usado.
Para nada. Me había dado placer, se aseguró de que me corriese primero. Solo
cuando estuve satisfecha, él se dejó
estallar.

Él se había encargado de mí cuando
estuve vulnerable.

Las lágrimas se acumulaban en mis
ojos mientras él inclinaba su cuerpo
sobre mí, manteniéndome quieta y presionando todo mi cuerpo en la pared.
Mordió mis hombros, sus manos acari-
ciaban mis curvas de arriba abajo con
una delicadeza que jamás había podido
imaginar unos momentos antes. Me
sentía como una muñeca de porcelana,
como algo que podía romperse. Preciosa.
Frágil.

Diablos. Ahí iban mis lágrimas, que-
mándome las mejillas mientras la ansiedad me sacudía por dentro, con mis

partes femeninas aún hinchadas, adoloridas. Llenas.

Sus caricias me dejaban destruida y vulnerable, más que la persecución o el sexo o el orgasmo, porque era real. Suave. Seguro.

Se sentía como amor, y al diablo si sabía cómo se supone que se sintiera *eso*. Todo lo que sabía en ese momento era que me dolía en alguna parte dentro de mí, algún lugar profundo, oscuro y escondido. Me dolía el pecho y las lágrimas se escapaban de mis ojos. Se escapaban de ellos. Estas *no eran lágrimas*. No eran lágrimas.

—Dios, eres tan hermosa, Niobe. Busquemos una cama. Quiero hacerlo de nuevo. Y la próxima vez, veré tu rostro mientras te entregas a mí, mientras te sometes.

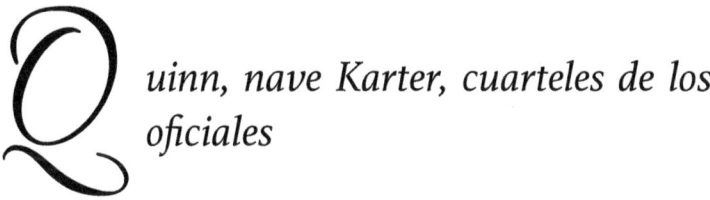

uinn, nave Karter, cuarteles de los oficiales

—NECESITAMOS COMIDA —dije, entrando a los cuarteles de invitados a los que fuimos asignados.

Karter había enviado un comunicado con la localización mientras estuvimos... ocupados en el área de ingeniería. La pequeña recámara privada se componía de dos habitaciones, una habitación principal con una cama lo suficientemente grande para dos prillones y su compañera; lo suficientemente grande para lo que tenía planeado para Niobe, y un cuarto de baño. Una mesa y sillas y una máquina S-Gen eran todo lo que restaba en la habitación. Además de la vista hacia el espacio que ofrecía la ventana que tenía el mismo tamaño que la habitación, esta en sí era básica y sencilla. Pero todo lo que me importaba era una puerta con llave y la cama.

Solo estaríamos aquí por las cinco horas restantes hasta que Zan despertara. Una vez que acabara el interrogatorio de Zan y la planificación de batalla, no regresaríamos. Nos iríamos de la reunión hasta el transporte, y luego a Latiri 4. Después de eso... bueno, estaría con Niobe. Eso lo sabía. Dónde viviríamos aún no lo habíamos decidido.

Y ahora no era el momento para esa conversación. Ahora era momento de tocarnos. De conocernos uno al otro. De hacerla mía.

Comencé a desprenderme de mis

nuevas ropas, dejándolas caer al suelo. No era modesto. No con Niobe. Ahora mi cuerpo le pertenecía. No lo iba a esconder.

Después de sacarme las botas, comencé a bajarme los pantalones hasta los muslos, y me detuve. Ella seguía en la entrada. Observando.

Sonreí.

—¿Te gusta lo que ves? Espero que sí.

—Pensé que habías dicho que necesitábamos comida —respondió. Su voz era tranquila. Sonaba eficiente, no seca.

Sonreí.

—Claro. Pero si solo tenemos algunas horas, comeremos desnudos.

Se quedó boquiabierta. Bien. La había sorprendido. Ella no parecía sorprenderse mucho por nada. Se había transportado para conocer a un compañero, pero acabó en una prisión manejada por la Colmena. No había entrado en pánico, apenas se había inmutado antes de salvar a seis soldados, incluyéndome, por cuenta propia con su habilidad y conocimiento respecto al sistema de transporte.

—Necesito una ducha —dijo, y se metió directo al cuarto de baño, mirando mi cuerpo durante todo el trayecto.

Mi miembro no se había puesto flácido después de reclamarla en el cuarto de ingeniería. Ella apenas lo había visto antes de que se lo hubiese metido entero. No lo tenía pequeño. Tenía bastante para hacerla feliz.

—Sal desnuda, compañera.

La puerta se cerró tras ella y reí, caminando hacia la máquina S-Gen. ¿Qué le gustaría comer? ¿Cuáles eran sus platos favoritos? No tenía idea. Hice algunas selecciones, adivinando lo que podría gustarle. Simplemente las dejé sobre la pequeña mesa cuando la puerta se abrió.

Salió envuelta en la toalla de baño. Gotas de agua caían de los largos extremos de su cabello. La examiné, desde sus pequeños pies, sus bien formadas pantorrillas, y sus tonificados muslos.

—Suelta la toalla, compañera.

Intencionalmente me desafió, pero vi cautela en sus ojos. Estaba parado frente a ella, desnudo y listo para follar. Podría haberla cazado y reclamado, pero seguíamos siendo extraños. La conexión estaba ahí, pero éramos... algo nuevo.

Ella bajó la toalla hasta que solo colgaba de sus dedos, a un lado.

—Joder, compañera. Eres encantadora.

Cada centímetro de ella estaba hecho de pálida perfección. Ya antes había visto la mayor parte de su ser, pero ahora, la bruma de ansiedad no cegaba mi visión. Observé sus desafiantes ojos, su marcada barbilla, sus delicados hombros y lujuriosos pechos con pezones de puntas rosadas. Entonces mi mirada bajó hacia su redonda cintura y grandes muslos... y entonces, Dios, el sexo que gobernaba mi mundo.

Tomé la toalla de sus dedos.

—Quinn —dijo ella, alcanzándola como para cubrirse de nuevo.

La extendí sobre una de las sillas y me senté sobre la tela. De ninguna forma la conseguiría de nuevo ahora, y se lo debía al que se quedase en estos cuarteles el no tener el culo y las bolas directamente sobre la silla.

Inclinándome hacia adelante, tomé su mano, y la atraje hacia mí para que se sentara en mis piernas. Gruñí, el suave tacto de ella en mis piernas era... tortura. Su húmedo cabello estaba justo ahí y lo acaricié, luego besé su cuello, y la curva de su hombro.

—Come —dije, tratando de permanecer concentrado ante la tarea que tenía entre manos, alimentarla, cuidarla, aprendiendo de ella, en lugar de follar. Pero tomó cada gramo de la voluntad que poseía el no estamparla contra la mesa y tomarla de nuevo—. Debemos comer.

Mis palabras eran ciertas. Nos iríamos a una misión pronto. Quedar débiles y hambrientos sería estúpido e irracional. ¿Y no dormir por estar ocupados follando? Bueno, había sacrificios que no estaba preparado para hacer... y otros que sí.

Estirándome, tomé una cuchara y recogí un poco del platillo everiano, carne sazonada y vegetales. Lo alcé hacia sus labios.

Niobe abrió la boca y tomó lo que le ofrecía, con esa delicada lengua que se agitaba debajo de la cuchara.

—¿Está bueno? —pregunté, mirándola masticar, y luego tragar.

Ella asintió.

—Puedo comer sola, ¿sabes?

—Esto es más divertido. —Recogí más comida y le di un mordisco—. Eres everiana —pronuncié. Ella me lo había dicho antes.

—Mitad everiana —respondió, y luego tomó otro bocado.

—Imagino que la otra es humana.

Ella asintió mientras masticaba.

—¿Te transportaste directamente desde el Centro de Procesamiento de Novias de la Tierra?

—No.

Tomé un bocado de vegetales verdes.

Con las habilidades que había demostrado en la prisión, dudaba de que viniera de la Tierra.

—¿Entonces Everis?

Le di un pedazo de la sabrosa tarta. Hizo una mueca, y luego arrugó la cara mientras masticaba, entonces tragó.

—¿No te gusta?

—No es mi favorito.

—¿Cuál es tu favorito? —pregunté.

Ella mencionó algunos platillos everianos, luego se inclinó para tomar un pedazo de fruta picada. Levantándola con los dedos, la llevó a su boca, pero los viscosos jugos se chorrearon sobre su firme pecho.

—Vaya —murmuré, viendo la gota deslizarse por la curva hacia su pezón. Sin pensarlo, me acerqué para lamerla, y luego me volteé para ver su rostro.

Ella me miraba, sus ojos ahora eran suaves y un poco húmedos.

—Es dulce —murmuré, y luego me llevé su pezón a la boca.

—Quinn —dijo, quedándose sin aliento.

—Lo sé —me quejé. Haría que mi misión fuese conocerla. *Hablar*. No follar. Volví a sentarme y la giré para no tentarme con sus pechos. Solo para ser seducido por la sensación de su culo sobre mi miembro, sabiendo que, si la levantaba algunos centímetros, estaría adentro de ella—. Entonces, eres humana pero no de la Tierra. Y no eres de Everis. Explícate.

Entonces se rio, sabiendo que estaba al borde de estallar.

—Crecí en la Tierra.

—¿No te sentiste fuera de lugar?

Ella me miró.

—¿Cómo lo supiste?

Me encogí de hombros.

—Los humanos son criaturas simples. Poco avanzados. Son... frágiles. Pienso que debiste haber sido más rápida que tus amigos, incluso cuando eras pequeña. Probablemente podías oír mejor. Ver mejor. Demonios, hacerlo *todo* mejor.

Asintió una vez.

—Lo era. Me sentía como un fenómeno.

No sabía lo que era un fenómeno, pero lo adivinaba.

—Cuando cumplí catorce, un grupo de cazadores vinieron a la Tierra para una misión. Escucharon sobre mí. Rompía records corriendo en el programa de la escuela.

Ah.

—Fueron a verme y lo sabían. La marca en mi palma fue la prueba definitiva para ellos. —Niobe tomó otro pedazo de fruta, la cual parecía ser su favorita de todos los platos en la mesa, y le dio un mordisco—. No se me permitió quedarme en la Tierra. No se permitían alienígenas, especialmente los que destacaban. Tenía que irme con ellos a Everis.

—¿Y qué hay de tus padres? ¿Tu padre no fue descubierto?

Ella me miró, y luego me arrebató la cuchara de la mano.

—Mi padre, supongo, estaba en la Tierra por una misión. Conoció a mi mamá y la dejó embarazada. Nunca supe quién era. Nunca supe que era everiano. Demonios, nunca supe que *yo* era everiana hasta que esos cazadores se aparecieron.

—¿Tu madre no te lo contó?

—Murió cuando tenía seis años. Vivía en un hogar adoptivo.

Hice una mueca, no lo entendía, entonces se explicó mientras yo comía. Mientras más oía, más me disgustaba. La idea de que Niobe estuviera sola con familias a las que realmente no le importaba, que no la amaban, me hacía enfadar. Había estado sola desde los seis años.

Pero ahora me tenía a mí.

—Fui a Everis con los cazadores y viví

con uno de ellos, su compañera e hijos. Eran buenos. Amables. Pero yo era humana, al menos culturalmente. Me tomó un tiempo asimilarlo, pero en realidad no encajaba. Cuando tenía dieciocho, me presté como voluntaria para ser guerrera —suspiró—. Dios, esa fue la primera vez en que me sentí... normal. Me encantaba. Ellos sabían cómo usar mis habilidades y se sintió bien. Sentí que encajaba. —Se encogió de hombros—. Obviamente destacaba. Serví en reconocimiento por años, y luego comencé a enseñar en la Academia de la Coalición. Ahora la dirijo.

Impresionante. Ahora todo tenía sentido, su ansiedad por el control. También tenía sentido por qué ella necesitaba cederlo.

—¿Y qué hay de ti? —preguntó.

No podía esperar un segundo más. En lugar de responderle, la besé. Saboreé la dulce fruta y el sabor que era ella. Mis dedos se enredaron en su cabello y la mantuve quieta justo donde la quería.

—Quinn —susurró—, respóndeme.

—Cazador de élite. Fui criado en Everis. Tengo buenos padres. Soy el mayor de seis hermanos. Tengo veintidós sobrinos y sobrinas. —Desvié la atención hacia el cuello, besando su suave piel mientras daba lo que ambos deseábamos—. Me asignaron a la nave Karter y al sector 437. —Finalicé con un besándola en los labios. Mi vida no era interesante. Ni un poco.

—¿Tienes seis hermanos? —preguntó. De todo lo que dije, ¿eso fue lo que le llamó la atención?

Asintiendo, deslicé mi pulgar sobre su regordete labio inferior. No le conté que había una brecha de doce años entre el menor y yo, ni que había pasado buena parte de mi juventud persiguiendo a mis hermanos y hermanas menores, bañándolos, preparándoles comida. Nuestra familia trabajaba unida, como uno solo. Tenía deberes. Muchos deberes. Y entre ellos estaba cuidar de mis pequeños familiares. Protegiéndolos.

Manteniéndolos apartados de los problemas, fuera de peligro.

Me sentí como un padre cuando tenía diez años. Me resistí al protocolo de emparejamiento porque no estaba listo para volver a ser un padre. Me había mentalizado con el hecho de que la mujer con la que me emparejaran podría querer hijos, pero honestamente, si a Niobe no le importaba ser madre, yo estaría contento. Las ganas de ser padre habían desaparecido para cuando cumplí quince años.

—Sí, seis. Todos más pequeños. Tengo treinta y ocho años y esperé hasta hace dos años para hacer las pruebas. Aunque amo ver a todos mis hermanos emparejados y felices y teniendo montones de bebés, estoy satisfecho con solo verlos.

Ella miró hacia otra parte, se mordió el labio.

—¿Y ahora?

—¿Ahora? —me pregunté.

—Vienes de una gran familia.

¿Asumo que quieres una compañera y un montón de bebés?

Sentí que esta era una pregunta seria, así que me detuve. Lo consideré.

—Dijiste antes que no podías darme lo que yo quería. ¿Qué... es exactamente lo que crees que quiero? —Tomando su barbilla entre los dedos, la forcé a mirarme.

—Bebés. Muchos bebés.

Mantuve la mirada y decidí ser honesto.

—No me interesa tener hijos.

El alivio en sus ojos, la liberación de tensión en su cuerpo me dio descanso.

—Por tu reacción, ¿asumo que no quieres ser madre?

Ella sacudió la cabeza.

—No. Sería una madre terrible. No tengo idea de cómo sería una buena madre. No tendría idea de dónde empezar. Y la verdad es... —Se mordió el labio inferior y me miró—...La verdad es que no tengo deseos de tener niños. No podría liderar la academia y servir a la Coalición como me gustaría hacerlo si tuviera que cuidar niños. No quiero ser madre. Nunca quise serlo.

Según lo que me había contado sobre su niñez, tenía sentido. Pero la conocía, al menos lo suficiente, para saber que sería delicada. Tierna. Sería una buena madre si tuviese un hijo. Pero respetaba su elección de no tener uno. Tampoco tenía deseos de ser padre. Solo quería que mi compañera fuese feliz, que se sintiese plena. Si esa plenitud venía de ser madre, lo aceptaría. ¿Pero si no? Bueno, la posibilidad de tener a Niobe toda para mí por el resto de nuestras vidas me contentaba enormemente.

Estaba observando su labio, recordando el sabor cuando volvió a hablar.

—Además, tengo treinta y seis. En la Tierra me llamarían solterona. Mi reloj biológico ya no está avanzando. Mis óvulos están secos y viejos.

No tenía idea de lo que era su reloj, o cómo podían envejecer sus óvulos. Entendía cuál era su edad. Mujeres mayores que ella tenían hijos. No era algo raro. Pero ella no los quería. Y le preocupaba que yo sí, que no me daría lo que buscaba. Que ella no podría ser una buena compañera por ello.

Mi compañera me miraba atentamente, con dolor y preocupación en los ojos. Inaceptable. No cuando todo de ella me alegraba. No. Más que eso. Me hacía feliz.

—Te deseo, Niobe. No quiero hijos. Nunca he querido ser padre. Disfruto de mis sobrinos y sobrinas. Veintidós son suficientes hijos para mí. Niobe... —Ella me miró. Realmente me observaba—. No habríamos sido emparejados si nuestras intenciones no estuviesen alineadas.

Ella debió de haberlo sabido, pero dudaba. Incluso ahora.

—¿De verdad no quieres criaturas?

¿Criaturas? ¿Esa no era la palabra terrícola para los animales?

Pero a juzgar por su seria expresión, se estaba refiriendo a tener descendencia, no a tener animales. Quizá esto fuera dialecto terrícola.

—No quiero ser padre. ¿Está bien? —pregunté, sonriendo.

Ella sonrió en respuesta.

—Sí.

Alcé las caderas, presionando mi polla en su entrada.

—Quizá no hagamos un bebé con esto, pero vamos a follar.

—Bien, porque yo... quiero más de ti.

—Lo sé —respondí con arrogancia.

Niobe volteó los ojos y me levanté con ella en brazos, caminando algunos centímetros hacia la cama y la solté de tal forma que rebotó y sus piernas se sacudieron. La tomé por los tobillos, la arrastré hasta el final de la cama, me puse de rodillas y le abrí bien las piernas, sobre la suave superficie.

—Quinn —murmuró, apoyándose en los codos y mirándome por encima de su cuerpo desnudo.

Esa imagen, cielos. Nunca me cansaría de mirarla, con esas piernas abiertas, su sexo húmedo y extendido, su suave vientre, grandes pechos y pezones puntiagudos. Y su rostro excitado.

Respiré hondo, inhalándola.

—Me pregunto si sabes tan dulce como la fruta.

No esperé ni un segundo más para descubrirlo, lamiendo la entrada de su coño, saboreando sus pegajosos jugos con mi lengua.

—¡Quinn! —dijo de nuevo, esta vez con un jadeo sorprendido. Sus manos se enredaban en mi largo cabello, atrayéndome hacia ella.

Sonreí.

—No puedes controlarme, compañera.

Esas palabras que dije eran desafiantes para ella. Se soltó y luego se deslizó al suelo directamente enfrente de mí. Su sonrisa se tornó salvaje. Letal para mis sentidos. Ella era hermosa, con el cabello despeinado, desnuda, excitada. Juguetona.

Su mano vino a mi pecho y lo empujó. La dejé, por supuesto. Quise ver lo que pretendía mientras descansaba mi espalda en el suelo alfombrado.

Maldición. Niobe quiso tomar la base de mi polla y metérsela en la boca. Chuparme como un agujero negro.

Su boca estaba caliente, apretada. Mojada. La succión era poderosa. Me agarraba con fuerza y la deslizaba. La perversa mujer me tenía al borde de estallar. Literalmente me tenía tomado por las pelotas.

Ella se incorporó, limpiándose la boca con la parte trasera de su mano. Jadeaba y se veía muy complacida consigo misma. Yo me moría por correrme, tenía las bolas llenas y adoloridas.

El sudor cubría mi piel y respiraba con dificultad.

Esta era una lucha de voluntades. De quién estaba en control. Quién se sometería.

—Eres mía, compañera. Yo controlo lo que pasa en la cama.

No iba a discutirlo. Era un hecho.

Pero ella sí. Una oscura ceja se levantó.

—¿En serio? —Bajó la mirada hasta mi polla, dura, rígida y resbaladiza por estar en su boca, casi de color púrpura y palpitando, ansiosa por acabar.

Ella tenía razón. Cuando estaba prácticamente en su garganta, no había nada que pudiera hacer sino rendirme. ¿Qué hombre podría resistir tal tentación?

Pero Niobe estaba en su punto más vulnerable cuando sus piernas estaban abiertas, mi boca provocaba su placer. Ella estaba lejos de estar en control.

Esto no iba a resolverse en las horas siguientes. Ya había comprendido que, si huía, la cazaría. Siempre la encontraría. Siempre sería mía. Tenía el resto de nuestras vidas para probárselo, para repetir la lección una y otra vez hasta que la entendiera.

Por ahora, ambos podíamos tener el poder.

—Un compromiso. —Doblé el dedo para que se acercara a mí. Ella subió por mi cuerpo para cernirse sobre mí, su cabello oscuro se extendía como una cortina alrededor de nosotros. Mi polla empujaba contra su estómago, y luego se deslizó en su sexo.

—Date la vuelta.

Sus ojos se abrieron de par en par al comprender. Lenta y cuidadosamente se giró, pasando una de sus piernas sobre mi cabeza para cabalgar mi cara, mientras la suya estaba directamente en mi polla.

—A esto le llaman el sesenta y nueve en la Tierra —dijo, moviendo la lengua sobre mi miembro.

Yo gruñí, torciendo las caderas. Para no ser sometido, tomé sus caderas y la bajé para que se sentara en mi rostro. Podría asfixiarme hasta la muerte, pero vaya forma de irse. Lamí su dulce deseo, limpiando su clítoris.

Ella jadeó.

—¿Cómo le llamas a esto?

Me metió en su boca y me chupó.

La devoré como un muerto de hambre.

—Paraíso —dije— lo llamo el maldito paraíso.

Ahora la batalla sería por quién se correría antes.

Quinn, nave Karter, cubierta de mando

MI COMPAÑERA se sentaba a la derecha del comandante, un lugar de honor. A su izquierda estaba otra mujer de la Tierra, la comandante Chloe Phan, recostada en su silla, de brazos cruzados. Ambas se conocían bien, aparentemente, pues se abrazaron antes de que comenzase la reunión y hablaron con soltura, usando sus nombres para referirse a la otra.

Niobe.

Ella era mía, y yo estaba de pie detrás de su silla como un celoso idiota mientras el capitán prillón, Prax, me sonreía, como si supiera exactamente lo que estaba pensando.

Yo lo dudaba, ya que mi mente se concentraba en la forma en que Niobe se había sometido a mí. Se había entregado a mí sexualmente. Dudaba que lo hubiera hecho antes; vestida o desnuda, debió ser su primera vez. Sin duda. Había visto la llama de frustración en sus ojos cuando la doblegué a mi voluntad. Ah, pero no la forcé. Joder, no. Pero lo sabía. Mi compañera emparejada necesitaría someterse, tener a alguien que tomara el control, dejar que su mente se liberase, entregarse a la seguridad que otra persona con sus mismas preocupaciones le proporcionaría. Las mismas preguntas. Los mismos problemas con los que lidiaba cada día, en lugar de perderse en el placer.

Y Niobe se había perdido de manera

hermosa. Se había resistido, al inicio. No me habría imaginado otra cosa. Y su sumisión fue más dulce por ello.

Ahora, verla en total control de sí misma y de sus emociones... todo eso solo me ponía aún más duro. De nuevo. La quería de nuevo. Y todavía. ¿Por qué? Bueno, ¿y por qué diablos no? Podía olerla. Podía olerme a *mí* en *ella*. Sabía que mi esencia estaba en su interior. La marcaba, la llenaba.

Ahora, en esta sala, ella sabría que me pertenecía. Podía darles órdenes a los guerreros aquí, pero su sexo le dolería por la forma en que la había embestido con mi falo.

Podía salir de la reunión sabiendo que yo estaría ahí para mantenerla a salvo, para permitir que me revelara su alma, así estuviese vestida o no; y no le fallaría.

Sí, todo ese rollo pasaba por mi cabeza mientras debía estar siguiendo la conversación. Sobre el plan de volver a Latiri 4, a ese mismo maldito hoyo infernal, y salvar a otros guerreros atrapados dentro.

En su lugar, me consumía el hecho de saber que Niobe —no, la *vicealmirante* —estaría en una misión con nosotros. Usando un arma. Poniéndose en riesgo.

De hecho, cuando el comandante Karter había sugerido respetuosa y cuidadosamente que se quedase en la nave hasta que la lucha hubiera terminado, ella lo fulminó con la mirada hasta que él se encogió de hombros y volvió su mirada a los planes de batalla expuestos en detalle sobre la mesa ante nosotros.

Niobe y yo habíamos estado en su nave por menos de un día, y el comandante ya había asumido que ella no iba a ceder a sus órdenes. No me importaba si ella lo presionaba, pero no lo haría conmigo. *De ninguna manera.*

Zan, el enorme atlán que había intentado matarme, era nuestra principal fuente de inteligencia de las operaciones de la Colmena allá abajo. Todo el tiempo en que estuve en la celda justo al lado de la sala de transporte, él se mantuvo bien adentro de la base, pasando varios días totalmente integrado a la mente de la Colmena. Tras haberlo colocado en una cápsula ReGen para sanar, los doctores pasaron varias horas más quitándole tecnología de la Colmena de su cuerpo, parte por parte. Ahora estaba en control, la influencia de la Colmena se había ido de su mente, pero jamás se iría por completo. Ya el comandante mencionó transportarlo a la Colonia una vez terminada la misión.

Esperaba que Zan protestase, pero el dolor en sus ojos era algo que había visto antes.

Él era peligroso en un buen día. ¿Y ahora, con la tecnología de la Colmena esparcida por su cuerpo? No había manera en que alguno de nosotros pudiera saber lo que pasaría cuando volviéramos allá abajo, cuando el nexus estuviera cerca. Y nos *acercaríamos* a ese Nexus porque él —eso— era el objetivo de la misión.

Ahora bien, tampoco tenía forma de saber cómo reaccionaría yo. Las inyecciones que me aplicaba ese bastardo azul me habían quemado como el ácido en cada músculo y nervio... de mi cerebro. El zumbido en mi cabeza fue consistente y poderoso, y no tenía forma de saber lo que pasaría una vez que regresara a la base.

El doctor dijo que mi cuerpo mostraba un ochenta y cinco por ciento de saturación. ¿Quería decir que mi cabeza comenzaría a zumbar otra vez en el momento en que el nexus estuviese cerca? ¿O mi debilidad se originaba en la falta de sueño, comida y agua? ¿mi mente estaría libre ahora que mi cuerpo estaba sanado? ¿O tendría que apretar los dientes y pelear contra ello?

Lo haría, sin duda, pero prefería no tener a la Colmena zumbando como insectos en mi cabeza.

Zan y yo estaríamos en el mismo territorio desconocido. Él tendría constantes traumas emocionales por su tiempo en cautiverio, igual que yo, pero él estaba aquí, listo para pelear, listo para salvar a otros. Para matar a cada maldito soldado de la Colmena en ese planeta.

Yo solo quería matar a uno.

El nexus 4. Él me había dicho su nombre. Hablaba como individuo, lo controlaba todo en esa base. Había matado al resto de mi unidad de cazadores. Había torturado a mis amigos y nos forzó a escuchar cómo el otro gritaba. Los había matado uno por uno hasta que yo era el único faltante.

Karter podría estar hablando sobre la misión grupal, pero la mía era específica. Personal. *Nexus 4.*

Tendría su cabeza antes de salir de esa roca. Necesitaba saber que estaba muerto. Destruido. El zumbido en mi cabeza había sido *él.* Y con los doctores incapaces de quitar la tecnología microscópica que inyectó en mi cuerpo, había una posibilidad muy real de que una vez que regresase a la base, volvería a *escucharlo.*

De hecho, yo contaba con ello. Era como si él hubiera puesto un rastreador dentro de mí que me guiaría justo hacia él. Y aunque su plan había sido mantenerme a su lado, luchar *con* él, ahora lo usaría para acabar con el maldito.

Presté tanta atención como necesitaba a los planes de batalla. No me gustaba saber que Niobe estaría entre nosotros, pero de acuerdo a los planes, ella estaría implantada con un grupo de guerreros atlanes, soldados frescos recién salidos de la nave, ansiosos y dispuestos a vengar a sus hermanos que aún yacían encerrados en las celdas.

De acuerdo con Zan, había al menos una docena más de caudillos atlanes aprisionados en la base. Así que el comandante Karter —no, la *vicealmirante Niobe*—insistió en que transportáramos dos atlanes de la nave por cada potencial señor de la guerra atlán.

Gracias a los dioses que los doctores a bordo de esta nave habían conseguido salvarlo. Nuestro atlán, Zan, sabía dónde estarían los guardias, dónde resistirían los soldados más pesados y dónde estaban atrapados los demás prisioneros. Seguramente estaba destinado a la Colonia, pero no antes de que termináramos con esta misión.

Lo necesitábamos. *Él* necesitaba acabar con esto.

A los cazadores everianos, como yo, nos habían mantenido separados en Latiri 4 por las instrucciones del nexus 4. Por tal razón no había visto a nadie más una vez que pasaban por mi celda hacia la plataforma de transporte. Por la misma razón sabía de las muertes de los otros cazadores.

Zan no sabía por qué nos habían separado de los otros prisioneros, y yo tampoco. Estaba muy seguro de que no quería saberlo. Sin embargo, esperaba que ese bastardo azul estuviese atrapado ahí —porque mi compañera había cerrado el lugar antes de que nos transportaran—. Con el resto de ellos. Él me había torturado, y asesinado a mis amigos. Si entendí bien los últimos reportes de la Coalición, se creía que los nexus eran la élite de la Colmena, sus líderes y comandantes. Los cerebros que llevaban a cabo la operación completa. Eran una especie única, conquistando e integrándonos al resto de nosotros para usarnos en su guerra.

Uno de ellos había intentado crear una compañera para sí mismo. O eso había oído. Ese rumor no estuvo en ningún reporte oficial, pero tenía contactos en Rogue 5, y de acuerdo a lo que contaban, la mujer en cuestión —una humana como mi compañera—no solo había escapado de una unidad nexus, sino que se las arregló para ponerle una trampa y matarlo. La simple idea me hizo querer ir a destrozar cabezas como una bestia atlán.

Cuando ese nexus específico murió, miles de guerreros integrados cayeron muertos en el campo de batalla en muchos sectores cercanos del espacio. Los científicos en Rogue 5 creían que la mayoría de los caídos murieron por el impacto de tan abrupta separación mental, pero algunos parpadeaban, mirando a su alrededor y despertando, como si de una pesadilla se tratase.

Había hecho preguntas dentro de la Coalición, pero la Central de Inteligencia permanecía sin decir una palabra sobre las unidades nexus y lo que sabían —o no—sobre los líderes de la Colmena. Ellos no compartían información, porque los nexus tenían espías también.

Mi compañera deslizaba el dedo por el mapa proyectado sobre la mesa, estableciendo prioridades para la extracción.

La primera era salvar a cualquier guerrero que estuviese dentro de los laboratorios médicos donde las integraciones se instalaban. Esa área era la más cercana a la sala de transporte, y estaba al lado de donde ellos me retuvieron. Esa estación de transporte estaba en el nivel tres, muy abajo del suelo. Antes de la llegada de Niobe no había estado bien resguardada.

No teníamos idea con qué estaríamos lidiando esta vez, por lo que todo un equipo de asalto iba a atacar la base en la superficie, en un completo ataque frontal. Naves de combate, unidades de atlanes y prillones en tierra atacarían las bahías de aterrizaje y puertas exteriores.

Los equipos de reconocimiento, liderados por el compañero principal de la comandante Chloe Phan, el capitán Seth Mills, se transportaría directamente al primer nivel y atacaría desde adentro.

Chloe se sentó entre sus compañeros, Seth, el humano, quién lideraría los equipos de reconocimiento y su otro compañero, un prillón llamado Dorian, que estaría en el aire liderando un escuadrón de cazas, proporcionando apoyo aéreo en caso de que la Colmena atacase.

—Dora y Christopher se quedarán aquí conmigo —dijo la señora Karter. La compañera del comandante se sentó al final de la mesa y mantuvo los ojos puestos en Chloe mientras las dos mujeres compartían una mirada que comprendía bastante bien. Una promesa, de Érica hacia Chloe, para cuidar a los hijos de Chloe si los tres cayeran.

—Gracias, Érica. —Chloe parpadeó pesadamente. Basándome en lo que sabía de las humanas, asumía que estaba conteniendo las lágrimas.

Su compañero, Seth, puso la mano en su brazo por un momento. El contacto no perduró y lo entendí. Como yo, él no podía permitirse perjudicar la autoridad de su compañera frente a los demás, pero tampoco podía ignorar su dolor. Sabía cómo funcionaban sus collares, conectándolos emocionalmente. Chloe era una comandante, del mismo rango que el mismísimo comandante Karter, aunque su rango venía por medio de la CI, y no por el proceso tradicional, y sangriento, de la Flota de la Coalición.

No era menos respetada por no sangrar en el terreno de lucha.

En el asiento a la derecha de Érica, se sentaba un guerrero prillón que nunca había visto antes, pero la insignia de su collar también le daba el rango de un comandante.

Por los dioses, dudaba que hubiera habido tantos altos rangos en una habitación fuera de la sala de guerra de Prillon Prime en años. ¿Tres comandantes, un cazador de élite y una vicealmirante?

El prillón estaba analizando a mi mujer con la mirada intensa. Interesado.

—¿Por qué simplemente no nos da sus códigos de transporte, vicealmirante? —La pregunta del prillón fue casi un gruñido.

—¿Quién eres tú? —pregunté. Si lo necesitara, le podría haber cortado el cuello antes de que él se sentase en su silla, una de las ventajas de tener velocidad de cazador. A diferencia de un atlán, yo era sutil, rápido y mortal.

—Soy el comandante Zeus.

Chloe, Érica y Niobe se giraron a la vez, la mirada en sus rostros era de confusión.

—¿Zeus? —La voz de mi compañera

contenía más interés del que me gustaría
—. ¿Cómo te dieron ese nombre?

El comandante bajó la barbilla hacia
mi mujer.

—Mi segundo padre es humano, de
un lugar en la Tierra llamado Grecia. Él
me llamó así por un dios humano que
lanzaba rayos a sus enemigos.

Niobe sonrió, al igual que Chloe.

—Fascinante. ¿El nombre de tu
padre es Cronos?

Zeus frunció el ceño. Igual que yo.

—¿Tu padre sigue vivo? —preguntó
ella—. Me encantaría conocerle.

—No lo está. Solo mi madre vive,
sola. Ella está en Prillon Prime, protegida
y cuidada en mi ausencia.

Suficiente.

—Comandante Zeus, ¿por qué está
aquí? —pregunté.

El comandante Karter se aclaró la
garganta.

—El comandante Zeus ha tomado el
control del sector 438 —dijo.

—La nave Zeus ha reemplazado a la

Varsten. —Chloe le dio la información a mi compañera, como si Niobe supiera de lo que estaba hablando. No tenía duda que lo sabía.

La Varsten había sido destruida por una nave furtiva de la Colmena, y su destrucción estaba aún bajo investigación. No habíamos podido encontrar las naves restantes de la Colmena.

Por eso mi unidad de cazadores de élite había sido solicitada. Había estado en más planetas controlados por la Colmena, dentro de más cuevas y naves abandonadas de las que podía recordar. Nada fue encontrado. Ni planes. Ni rumores. Ni pistas de dónde había venido la nueva tecnología o de dónde la Colmena planeaba desplegar otra nave fantasma. No había pistas de dónde o cuándo podría venir el próximo ataque. Cuándo el siguiente acorazado sería convertido en polvo espacial.

Mi único trabajo al acudir a la nave Karter, y luego transportarme a Latiri 4, había sido rastrear esa amenaza. Encontrar más información. Conseguir la fuente para que la flota pudiera eliminar la nueva arma de la Colmena. Había fallado. Mi unidad había fallado.

No solamente habíamos fallado, sino que conducimos a los exploradores de la Colmena de vuelta a la base en donde habíamos estado ubicados. Tuve muchas horas en esa celda para pensar, y la única conclusión fue que la Colmena nos había seguido hasta la base subterránea, y que nosotros éramos responsables de las muertes de los guerreros de la Coalición que murieron defendiendo la base. O sea, yo era responsable por el sufrimiento de aquellos que seguían en tierra.

De mi equipo de cazadores de élite.

De alguna forma, la Colmena nos encontró. El depredador se convirtió en presa. Y fuimos derribados.

Mi única oportunidad de expiar mis fracasos era salvar a los que quedaban, y después remover de su cuerpo la cabeza de ese bastardo nexus azul.

—Concentrémonos en la misión. — La sugerencia de la vicealmirante Niobe era una orden y todos en esa sección sintieron la autoridad en su voz. Se sentaron derechos, mientras las sonrisas se desvanecieron.

Mi miembro estaba rígido y tuve que cerrar mis ojos para concentrarme en sus palabras en vez de su suave esencia femenina, que llenaba la habitación.

—El sistema de transporte en Latiri 4 está bajo mi control —dijo ella—. Me trasportaré dentro con la primera ola de señores de guerra atlanes, liderados por el señor de guerra Zan, y coordinaré el ataque desde el área de transporte en el nivel tres.

—No entiendo, Niobe. ¿Por qué? Deberías coordinarlo desde aquí, en el escritorio de mando con el comandante Karter. —Chloe hizo la pregunta, y lo agradecí. No comprendía la insistencia de mi compañera en que debía estar en el primer transporte.

Niobe sacudió la cabeza.

—El sistema de transporte está programado con mi ADN. O estoy en el primer rayo de transporte o nadie va. Una vez que lleguemos, la sala de transporte permanecerá cerrada hasta que le dé al sistema mis códigos de autorización.

—¿Programado con el ADN? No sabía que fuera posible.

El capitán Seth Mills, el compañero de Chloe, suspiró esas palabras mientras se reclinaba en su silla, con los brazos cruzados.

Había oído hablar de tal cosa, pero nunca había visto que se usara. Hasta que ella nos rescató.

Mi compañera había programado el transporte de tal forma en que solo ella podía dejar a cualquiera, literalmente cualquiera, dentro o fuera. Según lo que había estado escuchando, el mismo

Prime Nial pasaría un infierno tratando de anular su bloqueo.

—Coño, nena. Eso es increíble.

Érica, la señora Karter, sonrió ante las palabras de Chloe, pero no dijo nada. Deseaba poder verle la cara a Niobe. ¿Estaba encantada? ¿Aburrida? ¿Irritada? Sus hombros estaban tensos, como la curva de su mandíbula, pero eso era todo lo que podía percibir desde donde me encontraba detrás de su silla, como un centinela.

No entendí para nada la referencia de Chloe. El coño de Niobe era perfecto. Redondo. Suave. Muy, muy femenino. Pero mi compañera no protestó, y la compañera del comandante Karter se veía encantada con las palabras, así que no dije nada. El lenguaje de la Tierra iba a ser un problema.

El tiempo a solas con Niobe no había sido suficiente. Las horas que compartimos eran preciosas para mí, pero yo quería más. Lo necesitaba. Ella tuvo un pasado, una historia que apenas había vislumbrado y que aún no había entendido. A pesar de que era medio everiana, sus palabras, su mundo, eran extraños para mí. Había demasiado acerca de ella que no sabía o entendía, y necesitaba saberlo todo.

Mi mano apretó el hombro de Niobe y ella distraídamente estiró la mano para entrelazar sus dedos con los míos. Eso era todo lo que necesitaba para volver al presente, a los planes de batalla, a ella.

—Una vez que los señores de la guerra me den la señal, transportaré a los guerreros de Prillon —dijo ella, y su mano regresó a su regazo. La vicealmirante estaba de vuelta—. El ataque aéreo debería crear la distracción que necesitamos para atraer su atención y a la mayor parte de sus hombres a los niveles superiores. Los equipos de reconocimiento serán responsables de capturar los ascensores y mantener la posición en caso de que necesitemos una salida alterna.

—Los tomaremos, vicealmirante. Se

lo prometo —aseguró el capitán Mills, y yo le creía, pues era un guerrero experimentado, un soldado duro, y todos en la nave Karter lo respetaban a morir. Había estado aquí durante el suficiente tiempo para saberlo.

—Bien. —Niobe asintió hacia él, su dedo apuntaba al esquema del tercer nivel—. Mientras tanto, me transportaré directamente al tercer nivel con los atlanes. Zan liderará a un grupo de guerreros hacia las celdas. El doctor nos ha equipado con gas anestésico. Ya que no sabemos en qué condiciones estarán los prisioneros, los dormiremos, les colocaremos *beacons* de transporte mientras están inconscientes y los transportaremos directamente a la Colonia.

—Pan comido. —La comandante Chloe Phan extendió su pequeña mano en la superficie traslúcida de la mesa, observando los gráficos que se proyectaban debajo.

Busqué la palabra en mi cabeza, seguro que mi UPN, la Unidad de Procesamiento Neuronal al que cada miembro de la Coalición se le implantaba al nacer, había fallado. Un *pan* era una harina horneada terrícola. ¿Qué tenía que ver el hornear harina con esta misión?

—¿De dónde vamos a sacar todos esos *beacons* de transporte? —preguntó Prax.

El prillón fue uno de los suertudos. Solo estuvo en Latiri 4 por menos de un minuto y, además, permaneció en la sala de transporte por todo ese tiempo. No fue integrado ni torturado, pero sí sabía lo que le habría tocado. Quería salvar tantos camaradas soldados como pudiese.

—La Flota los reúne como gemas preciosas.

Mi compañera se movió en su silla.

—Déjamelo a mí. He contactado a Helion en el CGCI y me asegura que los *beacons* necesarios llegarán a la nave Karter en una hora. —El nuevo comandante prillón, Zeus, se había cruzado de brazos, frunciendo el ceño hacia todos, incluyendo a mi compañera. Su rostro estaba marcado con cortes, y tenía uno grande que aún no había sanado.

Había oído de la costumbre prillón de pelear en el terreno. Elegían no usar cápsulas ReGen para, en su lugar, usar las marcas de batalla como medallas de honor; prueba de que se habían ganado su lugar en la cadena de mando prillón. Creía que la idea era interesante, pero tonta. ¿Luchar? Demonios, sí. Me encantaba luchar. Pero no tenía problemas con usar una varita ReGen para sanar. No quería que nada me distrajese de atender el cuerpo de mi compañera en lugar del mío.

Él no me agradaba. Parecía un idiota. Un inflexible, estirado e imbécil prillón.

Mi compañera se aclaró la garganta.

—Respecto al nexus, deberá ser tomado con vida y traído a mí. Bajo ninguna circunstancia debe ser herido. Encontradlo y traédmelo. Es una orden. ¿Está claro?

Todos en la mesa asintieron, pero vi

la furia en la mirada de Zan, sabía que la compartíamos. Yo entendía las órdenes. Respetaba la cadena de mando, sin embargo, técnicamente, yo no era parte de la Flota de la Coalición: más bien era un contratista independiente. Pero, ¿lo que ella nos estaba pidiendo? Imposible. El nexus debía morir.

—Debe morir, vicealmirante.

Se tensó bajo mi mano y se sentó hacia adelante, apartándose de ella.

—Y morirá, pero no en Latiri 4. ¿He sido clara?

El coro de afirmaciones resonaba.

Los comandantes Karter y Phan asintieron.

No estaba de acuerdo, pero no iba a intentar discutir con ella ahora. No aquí, enfrente de toda esta gente. Solos, y con mi polla enterrada en lo más profundo de ella, podía conseguir lo que quería: venganza. Mientras tanto, tenía algunas preguntas.

—¿Qué es gas anestésico? ¿Y te refieres al *doctor* Helion? ¿Y qué es CG?

¿Era otra palabra humana que no entendía?

La comandante Chloe Phan, la humana, me sonrió, su mirada se detuvo en la de mi compañera por un breve instante antes de responder mis preguntas.

—Lo lamento. Es dialecto terrícola. Gas anestésico quiere decir que dejará inconscientes a los prisioneros, para que podamos transportarles sin peleas. Y CG es un coloquialismo para cuartel general. Ya sabes, el Comando Central.

Sabía cómo se sentía el sexo de Niobe cuando se aferraba a mi polla. Sabía qué sonidos hacía cuando se corría. Sabía qué color tenían sus pezones, pero comenzaba a darme cuenta de que no sabía quién era ella.

8

N iobe, sala de transporte, Latiri 4

RODEADA POR VEINTE GUERREROS ATLANES, y con la mitad de ellos parcialmente transformados en bestias, no podía ver por encima del par de hombros más cercanos mientras el primer *round* de la lucha tenía lugar. Alcé la mano instintivamente e intenté apartar al guerrero gigante hacia un lado.

No resultó en nada. Se dio vuelta y bajó la cabeza para gruñirme. No estaba en modo bestia, pero sus ojos brillaban demasiado. Pendía de un hilo... para protegerme. Para que todo su nerviosismo e ira bestial no estuviesen dirigidos hacia mí.

—No se mueva, vicealmirante. El señor de la guerra Zan le avisará cuando sea seguro para usted.

No conocía al atlán que hablaba, pero no era que importara. Ellos estaban aquí para rescatar a sus hermanos atlanes junto con el resto de prisioneros que seguían con vida en esta base. La mayoría de los prisioneros, de acuerdo con Zan, eran soldados del batallón Karter. Amigos. Familia. Esta no era una misión de reconocimiento cualquiera para estos luchadores; era personal. Yo era vital para su misión. Los traje a todos aquí. Hasta que revirtiera el bloqueo en esta base, nadie saldría del planeta a menos que lo permitiese.

Ni de la Colmena ni de la Coalición.

Prisionero o guerrero.

—Mis disculpas —respondí, con una

respetuosa reverencia—. Serví por casi diez años en reconocimiento. Fue algo instintivo.

El atlán asintió con comprensión y se giró para mirar el pasillo, donde los sonidos de pelea todavía llenaban el aire. Di un paso atrás e intenté ser paciente mientras los ruidos y disparos de iones venían en dirección a mí a través de los guerreros que bloqueaban mi visión. Los atlanes no eran muy habladores. Lo cual estaba muy bien por mí. Ellos solo hacían las cosas.

En un momento estábamos parados sobre la plataforma de transporte de la nave Karter, y al siguiente en la antigua base de reconocimiento de la Coalición, bajo un kilómetro de roca sólida. De regreso a donde todo esto había comenzado. ¿Todo había pasado en un día?

Dios, Rachel y Kira enloquecerían cuando supieran todo lo que había sucedido. Esperaban contactarme para oír de los momentos sexuales. Ah, había tenido algunos de esos, ¿pero por lo demás?

¿Este desastre de la Colmena? Totalmente inesperado. Todo fue consecuencia de haber tomado las pruebas que me habían emparejado con Quinn.

Ahora habíamos vuelto y estábamos atrapados. Intencionalmente atrapados, porque para la Colmena no había adónde correr, no con el sistema de transporte y las operaciones bloqueadas. Los había aislado dentro, sellando las puertas, comunicaciones y controles de transporte con los códigos de la Central de Inteligencia que jamás creí necesitar realmente.

No importaba si el nexus de la base pudiera comunicarse con las demás unidades nexus por alguna clase de sistema de transmisiones psíquicos. No teníamos forma de saberlo, y era por tal motivo que el doctor Helion me había enviado nuevas órdenes secretas momentos antes de que comenzase el ataque. Debía tomar al nexus con vida... *a cualquier costo.* Fui informada, y no en términos ambiguos, que no importaba cuántos guerreros debiera sacrificar para hacer que ocurriese. Debía mentir, engañar, robar, asesinar o entregar mi propia vida para asegurarme de que transportasen al nexus para que los científicos de la CI lo obtuvieran. Atrapar a ese maldito azul era imperativo para terminar esta guerra.

Además de esas órdenes, Helion llevó dos *beacons* directamente a mis cuarteles temporales. Ni siquiera el comandante Karter sabía que los tenía. Él sabía, por supuesto, que teníamos órdenes de tomar al nexus con vida. Pero no tenía idea de lo lejos que estaba dispuesto a ir Helion para capturarlo.

Sabía que la CI quería al bastardo azul, pero ese mensaje me había sorprendido. No solo querían al nexus, sino que estaban dispuestos a sacrificar a cientos de guerreros para ponerle las manos encima. *Vivo*. Esa era la advertencia. Tenía que estar vivo, completamente funcional. Sin daño. Sin heridas. Como me había informado Helion. *Ni un rasguño*.

Nuestra última pista hacia un nexus había sido en la Colonia, meses atrás. Un renegado forsiano de Rogue 5 llamado Makarios y una humana que había sido, sin que lo supiéramos, alterada para convertirse en la compañera de una de las unidades nexus, habían desaparecido en una nave robada. Para desgracia de Helion, la flota fue incapaz de rastrearlos. Ellos aparecían y desaparecían como fantasmas.

Malditos piratas y traficantes de Rogue 5. Sin duda ese piloto forsiano conocía cada escondite y zona sin cobertura en el sistema. Él y su nueva compañera, Gwendolyn Fernández, casualmente de la Tierra, estaban usando esa nave para derribar pequeños puestos de avanzada de la Colmena. Uno tras otro. Me recordaba al *Halcón Milenario* de *La Guerra de las Galaxias*. Una nave que luchaba contra el lado oscuro.

Había leído los reportes. No que no apreciara sus esfuerzos, pero eran renegados, estaban más allá del control de la

CI, y el doctor Helion no aprobaba a fanfarrones ni a soldados que no seguían órdenes. Parte de mí quería alzar el puño en el aire cada vez que leía otro reporte de Gwen causando problemas por ahí. Pero la vicealmirante en mí estaba de acuerdo con el doctor Helion. Lograríamos mucho más si ellos vinieran a coordinar sus actividades con nosotros.

Los intentos de contactarlos fueron respondidos con una concisa frase.

No dejaremos que nos encierren.

No tenía duda de que Helion les había asegurado que eso no pasaría si solo se entregaban.

Esa era una mentira, por supuesto. Los encerrarían y entrenarían, soltándolos únicamente bajo el estricto control del Centro de Comando de la CI, y probablemente sería uno a la vez, para asegurar la obediencia.

El doctor Helion era implacable, pero entendía sus motivos. No se trataba de un solo planeta, ni una sola especie, ni un sistema solar en riesgo en esta guerra. Éramos todos nosotros. Cuando ese hecho se ponía en perspectiva, nada podía equilibrar la balanza. Nada que él no pudiera arriesgar o sacrificar para destruir la amenaza de la Colmena. Y eso significaba conseguir este nexus. Vivo.

Algunos cientos de guerreros de la nave Karter no eran nada para él, para el éxito de esta interminable guerra, no cuando teníamos a un nexus al alcance.

—Despejado. —Una voz profunda llenó la sala con un rugido, y los cinco atlanes que habían formado un muro sólido de protección a mi alrededor se apartaron para que pudiera observar los daños.

La Colmena definitivamente había estado esperando un ataque. En lugar de tres viken integrados manejando el lugar, seis prillones integrados se distribuían el piso alrededor de los controles de transporte.

No sabía si estaban muertos o inconscientes, y no iba a preguntar. Tenía un pez más grande que pescar. Necesitaba desbloquear el transporte en el primer nivel para que Quinn y el resto de nuestro equipo de ataque pudiese entrar.

Revisé mi muñeca.

—Tres minutos para el ataque terrestre.

El atlán que había estado parado frente a mí gruñó.

—Habremos acabado para entonces.

Alcé la cara para sonreírle. No pude evitarlo.

—Busca al nexus y avísame de inmediato. ¿Entendido? Nadie lo toca sin mi autorización.

—Comprendido, vicealmirante. —El atlán se transformó frente a mí, haciéndose más alto, más grande, su mandíbula se alargaba, se hacía más gruesa. Ahora su sonrisa era amenazante. Aterradora. Ignoré el espectáculo.

—Él es mío, señor de la guerra. Difunde el mensaje. Si alguien lo toca, decoraré mi cinturón con sus pelotas.

Su risa gutural se alejaba por el pasillo mientras me movía hasta el panel de control y quitaba el bloqueo del transporte al primer nivel. Me comuniqué con la nave Karter, sabiendo que mi compañero estaría escuchando desde su posición en una plataforma de transporte de la nave, preocupándose.

—Karter, esta es la vicealmirante Niobe. El transporte tres ha sido despejado. La recuperación de los prisioneros está en marcha. El bloqueo del primer nivel ha sido anulado. Son libres de transportarse.

—¿Y las bajas? —La voz del comandante Karter era clara. Controlada. Pero sabía que no lo preguntaba por él, sino por el resto de su tripulación. Ellos tenían familias en la nave. Hijos y compañeras. Hermanos.

Alcé la mirada hacia uno de los tres atlanes que se quedaron atrás para protegerme, y a la plataforma.

—¿Señor de la guerra? —pregunté.

Levantó a uno de los prillones del

suelo y lo colocó en la plataforma de transporte.

—Ninguna por el momento. Estamos salvando a tantos como podemos.

Había dolor en su voz, resignación que yo entendía más que bien. Todos habíamos perdido amigos en esta guerra.

—Ninguna baja para reportar. Operación en curso.

—Entendido. Estamos iniciando el transporte hacia el nivel uno. Ataque aéreo inminente.

—Entendido. Prepare a la Colonia para recibir a los guerreros.

—¿En qué estado se encuentran?

Como si *esa* no fuera una pregunta difícil. Pero Karter sabía que no mentiría o maquillaría la verdad. Miré al tercer prillón colocado en el transporte, quien estaba cubierto de pies a cabeza en plata. Sin embargo, el guerrero junto a él poco tenía dado su tiempo con la Colmena, exceptuando algunos implantes en los antebrazos.

—Variados. Algunos de ellos están

completamente integrados. Dile al doctor Surnen que quizá no los pueda salvar a todos.

—Entendido. Karter fuera.

—Niobe fuera. —Observaba desde el panel de control hasta que el grupo de Quinn se transportó satisfactoriamente al nivel uno. Ellos despejarían el área, luego se abrirían paso hacia el nivel dos. Los atlanes sacarían a los prisioneros de este piso, y los moverían a un mismo ascensor hacia el nivel dos, y en el camino nos encontraríamos al equipo de ataque del nivel uno.

Ese era el plan.

El único problema era que no teníamos idea de dónde estaba el nexus, o de lo que era realmente capaz; y eso podría cambiarlo todo.

Le indiqué a uno de los atlanes que viniera a mi lado y pusiera la palma en la estación biométrica, escaneándola en el sistema.

—Este transporte ahora es suyo, señor de la guerra.

Los otros dos se detuvieron, uno dejaba al último de los seis prillones en la plataforma de transporte con un impacto audible.

—¿Qué está haciendo, vicealmirante?

—Os estoy dejando a los tres a cargo de esta sala. Tengo una cacería que hacer. —Quizá fuera mi imaginación o mi optimismo, pero ahora podía *olerlo*. El nexus. Su hedor había cubierto a mi compañero cuando lo liberé de la celda que podía ver al otro lado del pasillo. No sabía qué estaba oliendo en aquel momento, pero cuando Quinn me contó sobre su tiempo en este lugar, conecté los puntos.

Quinn estaría cazándolo también, ansioso por venganza. La orden de capturar al nexus vivo era para todos los de la misión, pero conocía a mi compañero. Había visto la necesidad de matar en sus ojos, y no podía culparlo. No realmente. Esa criatura había torturado a Quinn; había asesinado a sus amigos y había hecho que Quinn observara todo. Y Zan, no sabía lo que ese atlán estaba planeando en su mente.

El nexus merecía morir, y los *accidentes* ocurrían en el campo de batalla todo el tiempo.

Pero no esta vez. Y con el aroma del nexus llenando mi cabeza, sabía que él había estado aquí, y no hacía mucho.

Por primera vez en mi vida me sentí como una verdadera cazadora, como everiana. Sentía la sangre de mi padre fluyendo por mis venas y la emoción de cazar recorriendo todo mi cuerpo. No tenía miedo de mis dones. No me sentía como un fenómeno. Me sentía poderosa. Única. Especial.

Debido a Quinn. Porque él me aceptaba como era. Me deseaba sin saber nada de mí. Me quería. Me había *cazado*.

Y por primera vez en mi vida, estaba cazando con un verdadero propósito propio. Tenía alguien que proteger. Alguien que me importaba.

Alguien que amaba. Quinn.

Esta vez, era personal.

Ese bastardo azul era mío.

Capítulo nueve

QUINN, *base subterránea de Latiri 4, nivel dos*

CON EL NEXUS agachado frente a mí, sus apagados ojos negros eran imposibles de leer. No había ninguna expresión, ninguna respuesta al dolor. No dejaba ver sus movimientos, sus garras sobresaliendo de la punta de sus dedos, eran largas, curvas y afiladas como cualquier espada. Él era casi tan rápido como yo, un cazador de élite.

Pero no lo suficiente.

Razón por la que un corte en su mejilla, que sangraba con un color azul oscuro, dibujaba una sonrisa en mi rostro mientras girábamos lentamente, frente a frente. Había dado el primer golpe, y no tenía prisa de acabar con él. Esta presa era mía y me tomaría mi tiempo con ella, justo como él se había tomado su tiempo conmigo. Él había torturado a los cazadores bajo mis órdenes e hizo que lo presenciara, me forzó a escuchar sus gritos, me mantuvo débil e impotente en mi celda mientras asesinaba a buenos guerreros con los que había crecido, con los que había entrenado.

Ellos era hermanos de verdad, si no eran de sangre. Mis hermanos. Mi familia.

Un círculo de guerreros callados nos rodeaba. No había ovaciones, ni burlas de parte de los demás soldados con los que me había transportado. No solo había sobrevivido personalmente a la tortura en sus manos, sino que mi compañera nos había liberado a todos. No literalmente, pero si no fuera por mi compañera, *mi mujer*, el comandante Karter no habría sabido que la Colmena había conquistado esta base, y cada guerrero al que habíamos regresado a salvar se habría perdido para siempre.

Mi compañera me había dado el derecho a este momento, y los guerreros que me rodeaban no me negarían asesinarlo. Ni tratarían de detenerme, a pesar de las órdenes. Ellos lo sabían. Lo entendían.

Este maldito había torturado a *nuestros amigos*, a nuestra *familia*.

Habíamos estado aquí por menos de una hora. El ataque fue rápido, el plan marchaba perfectamente. Todos nos habíamos reunido, soldados con distintos historiales, pero con un propósito. La misión era considerada un éxito. Cada contaminado, integrado y capturado soldado de la Coalición había sido transportado fuera de esta roca hacia la Colonia, o a una estación médica a bordo de la nave Karter. No envidiaba el trabajo de los doctores, quienes decidían a quién tratar de salvar y quién ya estaba cerca de la muerte, viendo desintegrarse los cuerpos de los guerreros en la mesa cuando sus implantes eran removidos. O diciéndoles a sus seres queridos que no podrían volver jamás, que estaban desterrados a vivir el resto de sus vidas en un rocoso planeta lejos de casa.

Por qué algunos sobrevivían a la extracción de sus implantes y otros no era, por lo que sabía, un misterio.

Este bastardo azul enfrente de mí probablemente lo sabía, pero no me interesaba hablarle, solo hacerlo sangrar. Morir.

Escuché el deslizamiento de las puertas del ascensor abriéndose, seguido de murmullos mientras los soldados que habían estado en los otros niveles seguían llegando. Al menos una docena de atlanes ahora nos rodeaban, estatuas silenciosas con un solo propósito: asegurarse de que el nexus jamás dejara el círculo.

Si no lo mataba, ellos lo harían pedazos.

La CI lo quería vivo. Todos lo sabíamos.

Pero esto era personal. Ahora mismo era *nuestro*. Y lo destruiríamos.

—¿Por qué pierdes el tiempo, everiano? Tus juegos son ineficaces —el nexus me preguntaba con una voz desprendida de toda emoción.

Dudaba que entendiese las burlas, pero era lo que era. Su mosaico de piel azul oscura parecía estar unida por hilos de plata, como un monstruo cocido por hilos brillantes. Excepto que esos hilos se *movían* como serpientes enrollándose y torciéndose por su piel. Su movimiento era discreto, lento, medido. Dudaba que nadie, exceptuando otro cazador, pudiera ver los sutiles movimientos entre la gama de azules que creaban la apariencia de un rostro, algo que le quitaba cualquier esperanza de verse normal. ¿Al menos *tenía un rostro*? ¿O ese entramado había sido creado para esta galaxia, solo para nosotros? ¿Cómo era debajo del uniforme y el metal y la extraña piel azul?

Lo que fuera que pudiera ser el nexus, no era uno de nosotros, un ser vivo que respira y tiene alma. Él era *otra cosa*.

La rareza se incrementó cuando observé que, a pesar de los cinco minutos de intenso combate con un cazador de élite, el nexus no jadeaba ni mostraba señales de dolor. Sangraba, ¿pero podía *sentir*? ¿Le importaba si vivía o moría? ¿Tenía alguna emoción debajo de ese repugnante cráneo azul?

—Voy a matarte —afirmé mis intenciones tan calmadamente como pude. Un hecho. Nada más.

—Repetir amenazas también es ineficaz.

Realmente no parecía importarle si vivía o moría, lo cual solo me provocaba hacerlo sufrir. Pero, ¿sufriría? No lo sabía, pero definitivamente iba a suceder.

—¿Y qué hay de todos los soldados integrados que perdiste hoy? —pregunté.

Si él pudiera encoger los hombros, lo habría hecho.

—Se reemplazan muy fácilmente.

Los organismos basados en agua de tu clase y tamaño son abundantes en esta parte del universo.

¿Esta *parte* del universo? Joder. ¿La Colmena no solo estaba en nuestra galaxia, sino en otras? ¿Qué tan lejos habían llegado sus ataques? Cada planeta tenía un nombre distinto para nuestra galaxia. La Flota de la Coalición le asignó un número a la nuestra. Pero para los soldados como yo, y para los inocentes viviendo en los planetas que protegíamos, esta galaxia simplemente era nuestro hogar. El espacio de la Coalición.

—¿Qué encontráis en otras partes del universo? —Una morbosa fascinación detuvo mi mano. Le estaba hablando a una de las mentes de la Colmena, a uno de sus líderes. Ya no estaba encadenado en una celda. Ya no era uno de sus organismos basados en agua.

—Hemos integrado a una multitud de otras formas de vida.

¿Pero qué...?

—¿Cómo cuáles?

Inclinó la cabeza como si evaluara si mi pregunta era sincera o había un razonamiento detrás de mi pregunta.

—Vuestras primitivas formas de vida no serían capaces de entender la complejidad de las demás.

¿Primitivas formas de vida?

Dios, era malvado, arrogante. Y *lento*.

Me moví sin ningún aviso, dándole al otro lado de su rostro una marca igual.

Cuando terminara con él, estaría sangrando por miles de cortes.

Entonces lo mataría. Sonreí, entrecerrando la mirada, listo para hacer más.

—¡Suficiente! ¿Qué está pasando aquí?

Me paralicé y el nexus volteó la cabeza en dirección a la voz de la mujer perfecta. Mi mujer. Mi compañera. La mirada en su rostro me heló la sangre. No por miedo. Era como si la hubiera estado *esperando*.

—Quédate atrás, Niobe. Es peligroso —grité en advertencia por encima de mi hombro, temiendo despegar la vista de mi presa. Él no era tan rápido como yo, pero sería imposible de parar si no captaba cuando iniciara un movimiento. Incluso rodeado por atlanes.

—Moveos. —Chasqueó, y el círculo de cazadores se separó.

Mi compañera se acercó para pararse hombro a hombro con dos señores de la guerra atlanes, con la barbilla alzada, y una mirada que jamás había visto en sus ojos.

No. La había visto antes, justo después de que matara a esos tres viken integrados la primera vez que estuvimos aquí: justo antes de liberarme.

—Caudillos, por favor tomad a la unidad nexus en custodia y traedle a mí.

—No. Niobe, no —le dije.

Sus ojos destellaban con furia mientras se volteaban y fijaban en los míos. Cada atlán en el círculo había acatado la orden, acercándose al nexus como una poderosa pared de dos metros.

El nexus no iría a ninguna parte.

Y Niobe no iba a permitir que lo matara.

Dándome la vuelta, encontré la mirada de Zan y la observé lo suficiente para asegurarme de que entendía lo que yo quería.

Su ligero asentimiento me hizo saber que no solo lo entendía, sino que estaba de acuerdo. Podía ir a hablar con Niobe en privado, convencerla de que lo que necesitaba —lo que *todos nosotros* necesitábamos— era correcto. El nexus debía morir. Ahora. Enfrente de todos los soldados que había torturado. Enfrente de los soldados cuyos hermanos y padres y familiares había lastimado.

Zan tomó mi lugar frente al nexus mientras dos señores de la guerra retenían sus muñecas y tobillos. Nuestro enemigo estaba atado y listo para entregarlo a la vicealmirante en menos de un minuto.

—Zan, manténlo aquí —dije.

—Sí, señor.

No tenía un rango superior al atlán.

Realmente no tenía un lugar en la jerarquía de la Coalición. Los cazadores de élite eran agentes especiales, se les daban muchas libertades sobre cuáles ordenes seguir y con quién debían reportarse.

Pero esa libertad no se permitía con el nivel de Niobe. ¿Con un comandante? Sí, bajo las circunstancias correctas. ¿Un capitán? No había nada de qué preocuparse.

Pero, ¿una vicealmirante? ¿Y mi compañera? Tenía que convencerla de hacer lo correcto.

Me moví hacia Niobe y me incliné.

—¿Podemos hablar en privado?

Su mirada se desprendió del monstruo azul y fue hacia mí, me dio un leve asentimiento antes de llevarme de vuelta hasta el ascensor, todavía abierto. Ella entró y cerró la puerta, sellándonos dentro. Solos.

Sus manos se alzaron hacia mi rostro y me inspeccionó con una intensidad que nunca había experimentado, ni siquiera de un doctor. Sus cuidados, sus preocupaciones por mi bienestar eran algo nuevo para mí. Sí, tenía hermanas que me atormentaban y molestaban, pero ninguna mujer me había mirado de esta forma.

Como si *importara*. Como si fuera una parte importante de ella.

Como si me amara.

¿Niobe me amaba? Mi cuerpo se encendió ante la posibilidad, pero lo hice enfriarse. Apenas la había conocido hoy, más temprano. Joder, ¿eso era todo? Y, sin embargo, quizá ella sí me amaba. Y si a ella le importaba, me daría lo que necesitaba.

Necesitaba matar al maldito monstruo tras esas puertas.

—Merece morir, Niobe —pronuncié el hecho bruscamente, y su mirada se nubló, sus manos cayeron de mis mejillas a su lado.

—Estoy de acuerdo.

Suspiré. Gracias a los dioses.

—Bien. Entonces esta discusión se

terminó. Acabaré con él y podremos volver a la nave Karter y conocernos mejor. —Quería decir que la llevaría de regreso a la nave, lavaría cada milímetro de sus curvas y luego conquistaría su cuerpo hasta que se desmayara de cansancio. Esa era mi idea del final perfecto para un día demente.

Ella sacudió la cabeza.

—No. Él vendrá conmigo a la CI, al Centro de Comando.

Estaba sacudiendo la cabeza antes de que hubiera terminado la oración, mis manos se lazaron para envolverle los hombros.

—No. Él es mío.

Sus ojos se entrecerraron, su mirada deliberadamente bajó a donde mis manos apretaban sus brazos.

—Cazador de élite Quinn, me soltará de inmediato. No va a volver a tocar a esa unidad nexus de nuevo. De hecho, permanecerá en este ascensor y regresará al nivel uno en donde será transportado de regreso a la nave Karter

para una reprimenda por insubordinación.

Mi sangre se congeló mientras me
miraba fijamente

Mierda. Mierda. Mierda. Esta no era
mi compañera. Esta no era la mujer que
me había envuelto con su cuerpo y se
había corrido en toda mi polla. Esta era
una agente de la CI, una vicealmirante,
una oficial de la Coalición que podría
enviarme a prisión por lo que había
hecho aquí. Pero estaba de acuerdo conmigo en algo. Y no lo entendía.

Aparté mis manos lentamente.

—Niobe...

Alzó la barbilla.

—Deberá referirse a mí como «vicealmirante». Llevaré a la unidad nexus
al Comando Central, tal y como fue ordenado por el Prime Nial, y luego regre-
saré a la Academia en aproximadamente
una semana. Irá con el comandante
Karter para una sesión disciplinaria.

—No. Yo. Niobe...

Ella ladeó la cabeza a un lado y me di

cuenta de en cuántos problemas podría estar metido... y no me importaba. No quería, ni podía, hablarle así a Karter o algún otro superior. Tragué con fuerza.

—*Vicealmirante*, el nexus asesinó a toda mi unidad y me obligó a mirar cómo lo hacía. Me torturó por días. Asesinó por su cuenta a miles de soldados de la Coalición e incluso a más inocentes. Tiene que morir.

Ella agitó la mano y las puertas del ascensor se abrieron. No había misericordia, ni amor; maldición, no había ningún sentimiento en sus ojos cuando su mirada se fijó en la mía. Como si fuera una unidad nexus. Emociones bloqueadas.

—Tiene sus órdenes, cazador. No voy a repetirlas.

Salió del ascensor y la multitud de soldados se separó como si ella hubiera agitado una varita y los hubiera dividido simétricamente con magia. Se movieron silenciosamente, despejando el camino hacia el nexus que estaba de rodillas, con las manos atadas detrás de la espalda, los tobillos encadenados y una bolsa de tela negra cubriéndole la cabeza.

Niobe ni siquiera se giró para mirarme. Sacó dos pequeños *beacons* de transporte de su bolsillo, puso uno en el nexus y otro en sí misma, y un segundo después desaparecieron. No hubo vibraciones en el suelo ni cabellos irguiéndose con el transporte.

Zan se paró donde el nexus había estado momentos antes, sus manos se apretaban en puños, y los músculos de su cabeza se abultaron mientras apaciguaba a su bestia.

Él quería matarlo tanto como yo, y mi compañera nos lo había negado.

No. Mirando por el lugar repleto de silenciosos y enfadados soldados, me di cuenta de que nos lo había negado a todos. No fue hasta que di un paso en el borde del ascensor que me detuve y recordé que me había ordenado que fuera al nivel uno, para transportarme de regreso a la nave Karter, para una *sesión disciplinaria*, y mi corazón comenzó a quebrarse en pedazos.

Mi compañera... no, la vicealmirante... no, *mi compañera* me había traicionado. Nos traicionó a todos.

Había tenido menos de un día para ganarme su corazón, y había fallado.

No solo me había negado asesinarlo, sino que me abandonó.

uinn, nave Karter, cafetería

—¿Qué demonios está haciendo aquí, cazador? —decía Karter cuando se acercaba.

Estábamos en la cafetería, un nivel debajo de la cubierta de mando, en una mesa de la esquina trasera. La sala se había llenado quince minutos antes con aquellos que habían terminado un turno y con aquellos que comían preparándose

para otro. Las máquinas S-Gen se alineaban en una pared, y las ventanas se
alineaban en otra. Mirando a través de
ellas, el universo estaba tan oscuro como
me sentía. Las estrellas y galaxias se ex-
tendían de un lado hacia el otro. Recor-
dándome que mi compañera estaba ahí
fuera en uno de esos puntos blancos. A
años luz de distancia.

El ruido de los platos y cubiertos se
oían más allá del comandante Karter. Inhalé los mezclados aromas de cientos de
platillos, y no el de mi compañera, quien
no estaba en la nave. Lo sabía. No solo
porque la había visto transportarse de
Latiri 4 a... alguna parte con ese maldito
azul, sino también porque no podía
olerla. No escuchaba su respiración o sus
latidos. No la sentía.

Ella se había... ido. Había pasado
una semana desde la misión para acabar
con la prisión de la Colmena. Desde entonces la Coalición había recuperado el
territorio cercano a la base y lo había

destruido. La base se había ido, y con ella mi propósito de estar en este sector.

Los sucesos acaecieron apresuradamente. La vida seguía. Pero yo no. Mi compañera se había ido una jodida semana atrás. Sin una palabra. Sin una mirada. La había conocido por siete horas... y nada. Mi vida estaba de cabeza.

—¿Y bien? —preguntó Karter, arrastrando una silla para sentarse. Tres soldados de bajo rango terminaron su comida en la mesa detrás de nosotros, se levantaron y huyeron. Claramente no les gustaba el tono en la voz de su comandante.

No tenían de qué preocuparse. Se dirigía a mí.

Un doctor de uniforme verde se acercó, entregándole una tableta. Karter la miró, asintió, y el hombre se alejó sin decir una palabra.

—Eso fue lo que le pregunté hace una hora —dijo Dorian, el prillón de color claro que estaba emparejado con la comandante Chloe Phan—. Ha estado furioso en silencio.

Habíamos terminado de comer; bandejas y platos sucios llenaban la mesa. Zan y Zeus se habían ido a las máquinas para conseguir bebidas. Aunque el consejo everiano me había dado permiso de dejar la nave Karter y conseguir otra misión, no me había molestado en revisarlas, en evaluar las opciones.

No me importaba ganar más dinero. Ya era adinerado. Mi familia, y cada uno de mis hermanos, amigos, sobrinos y sobrinas estaban muy bien cuidados con lo que había ganado en esta guerra. Yo era de élite y cobrábamos un precio muy alto.

Pero la verdad era que no había ningún lado al que quisiera ir, no solo. Sin *ella*.

Zeus estampó una gran copa de alcohol sobre la mesa ante mí, el oscuro líquido era una mezcla picante de Everis. Los otros tomaban un alcohol pálido de Prillon Prime. Dorian tenía algo llamado cerveza. Una bebida terrícola que asumía que su compañera, y Seth, y el otro hombre en su trío prillón, disfrutaban del lugar de nacimiento de ella.

Encorvado en mi silla, estaba de brazos cruzados, con la copa medio vacía descansando entre mis dedos. Con las piernas estiradas enfrente de mí, no tenía dudas de que parecía más relajado de lo que me sentía. Ahora tenía una idea de lo que sentía un atlán si se separaba de su compañera. Como si les faltara una parte de sí mismos. No tenía esposas de unión atlán. No tenía un collar prillón. Solo sentía que me faltaba la mitad del alma.

No podía ni respirar.

Y después de solo conocer y haber estado con Niobe por... joder, ¿menos de un día? Estaba arruinado.

—Han pasado días desde la batalla y ha estado así desde entonces. Apenas dice una palabra —dijo Zan con voz grave.

—¿No se supone que debieras estar

en la Colonia? —pregunté. Si él iba a echar ácido sobre mis heridas, yo también lo haría.

—Me voy mañana, Quinn. Pero el Prime Nial anuló la prohibición de que los contaminados regresaran a casa. —Su voz contenía resignación, no esperanza. Aun así, era un buen guerrero. Un amigo.

—Lo lamento, Zan. Estoy siendo un imbécil. Entonces, ¿a dónde vas? ¿Te irás a casa?

Él se encogió de hombros, el ligero movimiento escondía una montaña de dolor.

—No. Solo me temerían, a pesar de la anulación. Ya no pertenezco ahí, y ahora dudo de poder ser emparejado. Así no podré. —Se señaló a sí mismo.

—He oído que no hay muchas mujeres en la Colonia, tampoco. Si lo que quieres es una compañera, deberías volver a Atlán. —El comandante prillón, Zeus, ofreció su consejo—. Al diablo los que te temen. Déjales que te tengan miedo.

Zan sacudió la cabeza, tomando otro trago de su bebida en lugar de responder, pero ninguno de nosotros lo presionó. Esta era su vida, lo que quedaba de ella. Y cuando se trataba de obsesionarse por mujeres, yo no podía hablar.

No estaba seguro de lo que iba a hacer. Él se había puesto a prueba al volver a Latiri 4, pero *estaba* integrado. Sustancialmente. *Debería* ir a la Colonia. Ese era el protocolo. Con las nuevas reglas del Prime Nial ya no era obligatorio. Karter no iba a obligarlo a que se transportara. Pero ¿la transición de Zan sería mejor en la Colonia con otros que entendiesen su nueva vida? ¿O debería volver a Atlán y aprovechar sus oportunidades?

No parecía que Karter estuviese presionándolo para transportarse. Pero, aparentemente, a mí sí me presionaba.

Respetaba al comandante, pero en este momento, no me agradaba mucho. Por días había estado fastidiándome.

Karter pateó mi silla y me tragué un insulto al morderme la punta de la lengua. No estaba, técnicamente, bajo su mando. Pero sabía que no debía insultar a un comandante de batalla prillón en su propia puta nave.

—Déjame ser. Estoy bien.

—Apenas ha dicho algo desde que la vicealmirante se transportó con el nexus en Latiri 4 —le explicó Zeus. Como si un recordatorio hubiera sido necesario. Todos sabían lo que había pasado. Dorian había estado en el espacio y *él* lo sabía. Estos soldados de alto rango eran como un montón de niñas, parloteando y chismeando— hace días.

Suspiré.

—Exactamente. —Karter chasqueó los dedos. Sus hombros estaban tensos, su mirada astuta. ¿Nunca se relajaba?—. Como dije, ¿qué demonios estás haciendo aquí?

Entonces Seth se acercó, entregándole una bebida al comandante. Karter asintió en agradecimiento y tomó un sorbo mientras Seth se sentaba frente a mí. Cinco soldados de la Coalición permanecían sentados, observándome. Entrevistándome para conocer mis pensamientos y sentimientos.

¿Qué demonios era esto? ¿Una intervención?

—Comandante Karter. —Una voz vino desde el comunicador del líder, en su muñeca.

—Adelante —dijo, alzando el brazo para hablar con él.

—La información que solicitó de Prillon Prime ha llegado.

—Envíela a mi comunicador —respondió.

—Afirmativo.

—Lo lamento, comandante, la interrogación directa no parece estar funcionando con este estúpido everiano —dijo Dorian cuando Karter terminó la transmisión.

Dorian trataba de persuadirme con humor, una burla bienintencionada para hacerme hablar. Karter intentaba lo contrario.

Yo tomé un trago de mi bebida. Esta era la segunda, no era suficiente para emborracharme, cosa que quería, para poder tragarme mi propio enfado. ¿Cuántos hombres en la galaxia habían visto a su compañera emparejada alejarse de ellos tras el primer día juntos?

Karter suspiró.

—Bien, tendré que ocuparme de esto de forma diferente. —Sacó la pistola de iones de su funda y la apuntó hacia mí. Seth alejó su silla a medio metro para salir de la línea de tiro... pero el bastardo aún se reía.

Podía ver que el arma estaba en modo aturdir y volteé los ojos.

—Habla o te voy a paralizar el culo y te llevaré con la doctora Moor para una terapia.

Mi ceño se frunció hacia el líder del batallón.

—Juegas sucio —repliqué.

—No intentes hacer esa mierda de

cazador y alejarte tan deprisa como yo parpadeo. Soy de disparar rápido. Escuché que la doctora Moor tiene un sofá para que te acuestes. Dice que ayuda al paciente a relajarse mientras comparte sus sentimientos. —Una lenta sonrisa aparecía por el rostro de Karter—. Habla.

La cafetería se tornó silenciosa, las conversaciones se volvieron susurros y nadie estaba comiendo. No podía oír un solo raspón de tenedor en un plato. Y yo lo escuchaba todo si quería. Dudaba que todos se hubiesen detenido para escucharme desnudar mi alma. ¿Pero ver si su comandante me iba a disparar? Eso era entretenimiento de calidad.

—Comandante —dijo alguien.

Karter alzó su mano libre, agitándola en el aire, pero no apartó la mirada de mí. Él no necesitaba ayuda. Suspiré.

—Mi respuesta a tu pregunta es que he estado trabajando.

—¿Por qué no estás con tu compañera? —replicó.

—Seguro recuerdas que mi compañera se ha transportado en Latiri 4 con el nexus.

El nexus que había asesinado a mis amigos, los había torturado enfrente de mí y me había forzado a escuchar sus gritos. Confiaba en que el maldito azul hizo las integraciones de Zan, también, pero no quería esa perspectiva. Esto no se trataba de él.

—Ella no lo mató, no acabó con él. Debió dejar que lo asesinara para que la vida de alguien más no pudiese ser destruida por él y sus secuaces —continué —. Ella lo llevó a alguna... nave de la CI. Le salvó la vida.

—¿Estás molesto porque tu compañera le salvó la vida al nexus? —dijo Karter. Él no había bajado su arma. Todavía.

Me incliné hacia adelante, puse la copa sobre la mesa.

—Yo tenía que matarlo. Me controló. Controló a todos los prisioneros que estuvieron en la base.

Mis orejas sensibles escucharon el profundo gruñido de Zan, sabía que era su bestia interior. Él también quería al nexus muerto. Lo miré a los ojos y lo supe.

—¿Y crees que puedes controlar a Niobe? —preguntó Karter.

Volteé la cabeza bruscamente y fulminé a Karter.

—¡Ella es mi compañera!

—También es una vicealmirante.

—Es mi compañera —repetí, con la voz grave y lentamente, como si les ayudase a entender—. Quiero cuidarla, no controlarla.

Niobe era valiente, feroz y perfecta. No quería cambiarla, solo quería que me dejase cuidar de ella, en cuerpo y alma. Necesitaba aliviarse. Necesitaba ceder. Necesitaba un espacio seguro para rendirse al mundo... a mí.

—Eso dices. Y como su compañero, ves una parte de ella que nadie más ve.

Karter había sido emparejado recientemente con Érica, junto con su segundo,

Ronan. Seth y Dorian estaban emparejados con Chloe. Ambas eran terrícolas. Ambas eran un poco como Niobe por la cultura que compartían.

—Tu compañera permanece aquí en la nave contigo. Ella no es una guerrera —acoté

Karter sacudió la cabeza, bajó el arma hacia sus piernas, pero no la regresó a su funda.

—No, ella no está en la Coalición de la misma forma en que todos en esta mesa lo están. O como tu compañera. Pero ahora ella es la señora Karter. Es responsable de todos los que *no* pelean en el batallón. Es la oficial civil de más alto rango en el batallón, y se encarga de eso por mí.

Una gran tarea llena de responsabilidades. Llena de gente a la que cuidar. Mujeres, niños. El comandante mismo.

—Quieres que Niobe permanezca a tu lado, donde puedas mantenerla a salvo —me dijo Seth, miró a Karter y luego tomó su copa de la mesa, asegurándose de que no iban a dispararle por ello—. Quieres que esté contigo, a la vista, para que puedas protegerla.

—Por supuesto. —Miré a todos los hombres—. No podéis culparme. Está en nuestra propia naturaleza el proteger.

—No, Quinn. Está en nuestra naturaleza el *controlar*. —Todos miraron a Dorian quien se sentaba al otro lado de la mesa—. Nuestra compañera es una comandante. Chloe trabaja para la CI. ¿Crees que es fácil dejarla ir a sus misiones, dejándonos no solo a nosotros, sino a dos niños detrás?

—¿Entonces cómo lo aguantas? —pregunté— Chloe estaba en la reunión previa a la misión. Allá ella tenía el control, al igual que Niobe. Vosotros dos estabais ahí, permitiéndolo. Le permitisteis ir a la batalla con la Colmena.

Dorian sonrió, mirando a Seth.

—No la *dejamos* estar en la reunión. No la *dejamos* ir a la batalla. Sus superiores lo requerían. Su trabajo lo requiere. Tu compañera nos supera en rango a todos aquí. Joder, ella supera en rango a todos en el batallón.

Seth suspiró y sacudió la cabeza.

—Somos capitanes. Chloe es comandante. Al igual que tu compañera, nos supera en rango. Podrá ser nuestra, pero también pertenece a la Coalición. Y a la CI.

—Ellos no se la follan.

—Cuidado —advirtió Karter.

Seth levantó la mano.

—No, está bien. Entiendo a lo que va. —Me miró—. Y tienes toda la razón. La Coalición y la CI son dueños de la comandante Phan fuera de nuestro dormitorio. ¿Pero adentro? Es nuestra, y lo sabe. Ella *necesita* que tomemos el control.

—Tenéis los collares. Por supuesto que sabe lo que queréis.

Dorian sacudió la cabeza lentamente.

—Cuando ella se pone de rodillas para nosotros, cuando se estremece de placer cada vez que le damos órdenes, no necesitamos collares para saber que nos está dando el control.

—O que su sumisión nos da placer a los tres. —Seth tiró del collar, luego se levantó—. Hora de ver a nuestra compañera.

Dorian sonrió.

—Toda la razón.

Se fueron sin decir otra palabra. No eran cazadores y no se movían rápidamente, pero tenían prisa. Sin duda nuestra conversación los había puesto *ansiosos* de ver a su compañera.

—No estoy emparejado —dijo Zan—. Fui a las pruebas recientemente, y estoy esperando. Mi compañera está allá afuera. En alguna parte. Ahora mismo soy posesivo con ella, a pesar de que no sé *quién* es, o dónde está. Comprendo tu preocupación. —Puso sus enormes antebrazos sobre la mesa—. Mi bestia no lo sabe, pues quiere ir a buscarla por toda la galaxia ahora mismo. Pero como dije, mírame. Dudo que sea emparejado ahora. —Se detuvo, y volvió la conversa-

ción de nuevo a mí—. ¿Hiciste las
pruebas?

Asentí.

—Recuerda, las pruebas nos dan a
cada uno la compañera que necesitamos,
no la que creemos que necesitamos
—dijo.

Un miembro del personal de ingeniería se acercó a la mesa, dándole una
tableta a Karter. Esta parecía ser algo
constante para el líder.

—Tres no. Solo dos.

El ingeniero asintió en cualquiera
que fuese el tema, luego tomó la tableta
y se marchó.

Karter no podía tomar un descanso
lo suficientemente largo para disfrutar
una bebida en el comedor. Pero su mujer, Érica, lo aceptaba igualmente. Lo
amaba. Le pertenecía.

No había duda de que Niobe era mi
compañera. Pensé en la conexión instan-
tánea. El calor. La manera en que su
cuerpo se animaba bajo mis manos,

cómo su mente se acallaba cuando tomaba el control. Era a la perfección.

—Ella estaba haciendo su trabajo —dijo Karter, finalmente apartando la pistola y tomando un gran trago de su bebida—, no te quitó el nexus para herirte. *Era su trabajo.* Tenerlo en manos de científicos de la CI podría significar que cientos... miles de soldados de la Coalición podrían salvarse. Sus decisiones no son personales. Son instrumentales. Complicadas. Difíciles.

—Ella no me ha contactado. Por siete malditos días.

—Tengo una sobrina de trece años en Atlán —dijo Zan—. No sé cómo es posible, pero suenas exactamente igual a ella.

—Vete a la mierda, Zan.

Él se rio.

—Deja de quejarte.

—He estado aquí por cinco minutos y he sido interrumpido tres veces —dijo Karter—. Así es como es mi vida. Mi tiempo está constantemente repartido en responsabilidades además de Érica. Como lidiar con tu triste culo. La compañera de un comandante lo entiende. *Érica* lo entiende.

—Sí, pero ella es mujer.

Toda la emoción escapó de su rostro y volvió a levantar su arma. Esta vez, me la ofrecía, con el mango en mi dirección.

—Ten. Dispárate a ti mismo antes de que alguna mujer te escuche hablando así.

Zeus gruñó.

—Es bueno que tu compañera no esté en la nave. Si verdaderamente es everiana, habría oído esas palabras desde cualquier rincón de este acorazado y haría esa veloz carrera para llegar aquí antes de que pudieras decir la palabra *perdóname*.

—Eres un imbécil —añadió Zan, encogiéndose de hombros.

—No estoy menospreciando a las mujeres —dije, apartando la pistola y alzando las manos—. Son más listas, más ingeniosas y hábiles que nosotros.

Demonios, una mujer atlán podría partirme en dos.

Asintieron.

—Pero somos hombres. Está en nuestro maldito ADN proteger y poseer. Estar en control.

Los tres callaron por un momento. Ya que no iban a negarlo, debieron estar de acuerdo conmigo.

—¿Dudas de las habilidades de tu compañera en la batalla? —preguntó Karter, con la cabeza inclinada a un lado.

Pensaba en ella sacándome a mí y a los otros prisioneros de Latiri 4 cuando no había estado para nada preparada ante lo inesperado. Esperaba conseguir un compañero ansioso por ella, no a la maldita Colmena. Recordé su determinación en acabar con esa base. Y derribar esa mierda de Colmena. Fue increíble.

—No.

—Entonces debes dejarla pelear. Dejarla hacer su trabajo —dijo Zeus.

—Cazador, el problema no es Niobe

—declaró Karter—. Eres *tú*. Estás emparejado. Supéralo. Debes ceder.

—Ceder —respondí, como si nunca hubiera escuchado esa palabra antes—. ¿Cómo voy a hacerlo?

Karter se levantó, dándome una palmada en el hombro.

—Déjala ser vicealmirante.

¿Qué demonios significaba eso?

—¿Y?

—Ella te está dando la oportunidad de ser tú. Un cazador.

Seguía confundido. El prillón, Zeus, golpeó la mesa con su enorme puño.

—Para ser un cazador de élite no eres muy brillante.

Bajé la mirada para mirarle.

—Pelearé contigo ahora, prillón.

Él se atrevió a reírse.

—Eres muy lento para atrapar a una mujer que quiere ser atrapada. No eres digno de un desafío.

¿De qué estaba hablando? ¿Qué era lo que no estaba viendo?

Gracias a los dioses, el comandante Karter me sacó de mi miseria.

—¿Qué ama un everiano más que nada?

—La caza. —Estaba en nuestra sangre. En nuestro ADN.

—¿Entonces por qué no estás cazando? —preguntó.

De repente lo comprendí y la esperanza hizo que mi cuerpo volviera a la vida. Karter me dio una palmada en la espalda, un poco fuerte.

—Mientras tanto, estás despedido de esta nave. Puedes volver a Everis y aceptar una nueva misión, o...

—¿O?

Sonrió.

—Puedes cazar a tu compañera. ¿Por qué crees que no te ha contactado?

Solo miré al comandante hasta que lo entendí. Mi compañera era everiana. Tenía instintos, también. Y una mujer de élite de mi mundo no necesitaba ser cortejada... sino *cazada*.

Capítulo once

VICEALMIRANTE NIOBE, Academia de la Flota de la Coalición, Zioria, una semana después

«ADIÓS A LA PAREJA DE COMPAÑEROS».

No dije el pensamiento en voz alta. Rodeada como me encontraba por embajadores de alto nivel de la Coalición y comandantes militares, definitivamente no era el momento ni el lugar para estar en la luna por un sensual cazador everiano. Tampoco debería haber pasado los últimos días microanalizando cada momento que habíamos pasado juntos, preguntándome si realmente tendría que sacrificar mi felicidad por el deber. Me sentí como una chica de secundaria preguntándome si el mariscal de campo realmente estaba interesado en mí. ¿Por qué ahora tenía sentimientos normales de chica? No tenía tiempo para esa estúpida mierda.

Sin embargo, todavía pensaba. Lo consideraba. En el presente inmediato parecía que la respuesta al sacrificio era un rotundo sí, y realmente no me ayudaba a concentrarme en esta reunión.

Mi reunión

Joder.

Los cadetes habían regresado al campus el día anterior y se estaban acomodando nuevamente. Mientras preparaban sus uniformes, tabletas y armas para los meses de clases y capacitación, el personal estaba a una hora de la reunión preliminar. Asistieron los treinta y cuatro instructores principales, doce comandantes militares de varios planetas y dos representantes del equivalente al Prime Nial de un gabinete presidencial, y todavía estábamos a menos de un cuarto de toda la apretada agenda.

Dos veces al año nos reuníamos. Los comandantes militares actualizaron a los instructores de la academia sobre lo que estaban viendo en el campo, recomendando cambios en los protocolos de entrenamiento y obteniendo información de los asesores militares más cercanos del Prime Nial sobre lo que podría venir en el futuro. De vez en cuando, un comando de la CI o un científico aparecía y exhibía una nueva arma o un avance en tecnología.

Esta reunión duraba varios días, y en ninguno era breve. Cada tema era importante. Si bien estábamos inmersos en la tradición, también tuvimos que adaptarnos al cambio, algo que la Colmena estaba usando contra nosotros.

Como intermediaria, tuve que presentar datos de alto nivel sobre los resultados del entrenamiento de cadetes en el trimestre anterior. Cada uno de los instructores compartiría los resultados de sus áreas de trabajo específicas. Podría estar a cargo, pero no era una gerente. Todos tenían sus tareas, sus objetivos y se esperaba que los alcanzaran. Si no lo lograron, esta era la reunión para averiguar por qué. El tema actual era la configuración de aturdimiento adecuada en las simulaciones de batalla. Era importante que los cadetes estuvieran aturdidos, saber cómo se sentía y cómo responder a un aturdimiento, pero había un cuidadoso equilibrio entre el éxito y la incapacidad. Estaba escuchando, pero dejé que la conversación flotara a mi alrededor.

Decir que estaba distraída era quedarme corta. Desde que regresé había estado dispersa. No podía concentrarme. No podía motivarme para el nuevo mandato. Y no era por el descanso. No era por ir a la Colonia para visitar a Kira y Angh. No era por haber sido parte de un equipo que había cerrado una prisión secreta de la Colmena y entregado una unidad nexus, viva, a la CI. No.

Eso fue muy sencillo y llevadero. Era Quinn. Quinn me había vuelto un completo desastre. Tal vez fuera el sexo y los orgasmos los que me habían revuelto el

cerebro, porque ansiaba más. Constantemente. No era como si me hubiera apa-
reado con tres guerreros de Viken y
hubiese entrado en contacto con su po-
tente semilla. Dios, si eso hacía que una
mujer estuviera más cachonda que yo,
me apiadaba por ella. Yo me había tocado, me había corrido en el tubo de la
ducha al menos una vez al día desde que
había regresado. Y de nuevo en otra oca-
sión estando en la cama antes de darme
la vuelta e intentar dormir. Era una
adicta al orgasmo ahora. ¿Y por qué?
Porque podía escuchar la voz de Quinn
en mi cabeza. «Podrás ser vicealmirante
con ese uniforme, ¿pero sin él? Eres
mía».

Me retorcí en la silla. Sutilmente,
para que nadie se diera cuenta, ya que
esta no era la primera vez. Estaba emparejada, pero me encontraba en Zioria y
Quinn en la nave Karter. O suponía que
lo estaba. Había pasado una semana.
¡Una semana! ¿Dónde diablos estaba él?

¿Era tan imperdonable haberle quitado la unidad nexus? Él era un cazador. De élite. Sabía lo que estaba en juego en esta guerra.

Y si ese no fuera el caso, entonces las cosas serían aún más deprimentes. Si no era por el nexus, simplemente sería por mí.

Se lo había dicho. Le dije que no podía ser lo que él quería. Bien, él tampoco quería hijos. Excelente. Un obstáculo menos. Pero yo era de la CI. Eso lo había descubierto muy rápido cuando tuve que llevar a la unidad nexus al Comando Central en lugar de dejar que la matara. Dios, quería que destrozara a ese monstruo azul. *Quería* matar yo misma a la unidad nexus por la tortura y el dolor que el gran enemigo azul había infligido a mi compañero. Nadie se metía con mi compañero.

No obstante, las órdenes eran órdenes, y esta guerra era mucho más inconmensurable que la tortura de un cazador. Más grande que unas pocas docenas de combatientes de la Coalición integrados en esa base. Para Quinn, y para mí, esta unidad nexus era un enemigo personal, lo que dificultaba las cosas, pero llevar esa unidad nexus al doctor Helion para que la analizara podría salvar a mil cazadores más. Millones de personas. Aun así, entendía el deseo de venganza de Quinn, su necesidad de acabar con él.

La necesidad de la CI de estudiar y derrotar a la Colmena superaba la necesidad de justicia y venganza de un solo cazador de élite.

Ser vicealmirante era más importante que todo lo demás en mi vida, incluyendo tener a un compañero. Mirando a mi alrededor, superaba en rango a todos en esta sala. Recibí órdenes del mando de la CI y del mismo Prime Nial. Había algunos almirantes que tenían más rango que yo, pero generalmente estaban lejos de aquí, ya sea en el frente o en Prillon Prime sirviendo en el consejo de guerra. Y a esta guerra no le importaba que estuviera emparejada.

No le importaba que Quinn estuviera a años luz de mí. No podía renunciar, no con tanto en juego. No podía simplemente levantarme y alejarme. Transportarme a una colonia vacacional y tener sexo con Quinn hasta que ninguno de los dos pudiera caminar bien.

Dios, eso sonaba increíble. Me retorcí más.

La conversación sobre aturdimiento se terminó, y trasladé a todos al siguiente punto de la agenda. Uno de los representantes de Prillon Prime habló de un programa para cadetes de élite que ocurriría a mitad de período. Una batalla simulada que tendrá lugar en la nave Zeus.

Una vez más, desconecté las voces, me preguntaba si mi compañero asignado era solo una aventura de una noche. Porque eso fue todo lo que teníamos. Demonios, ni siquiera había sido una noche. Había sido un día. Menos de un día. Seis horas follando, comiendo, hablando y follando un poco más.

—¿Cuál es su opinión, vicealmirante?

Parpadeé y miré al guerrero de Prillon que evidentemente esperaba mi respuesta. Todos los ojos estaban sobre mí. Eché un vistazo a mi tableta, a las notas que habían sido generadas y grabadas por audio. Mi cerebro procesó la información a la velocidad del rayo.

—Cinco mujeres, cinco hombres. Dos sesiones, no una. Reduzca la configuración de aturdimiento para la batalla simulada a tres y asegúrese de que los vídeos se envíen a la CI. Ellos siempre están interesados en nuevos reclutas.

El guerrero prillón asintió, aparentemente contento con mis adiciones.

—Lo siguiente en la agenda es...

—Presentarme ante el grupo.

Giré mi silla al escuchar la voz. *Quinn*.

Susurros estallaron por la larga mesa ante la interrupción. Hacia la cara desconocida... al menos para ellos. Para mí, era muy familiar. Recordé el largo cabello color trigo, las cejas pronunciadas, los ojos que parecían poder mirar dentro de mi alma. La nariz romana, los labios carnosos. Lo recordaba todo.

Lo miré boquiabierta.

Él sonrió, ignorando a todos en la sala, y me miró. Se fijó en mi uniforme, en la forma en que mi cabello estaba recogido en un moño en mi nuca. La forma en que me senté a la cabecera de la mesa. ¿Cuánto tiempo había estado parado allí?

No necesitaba preguntar cómo se coló tan silenciosamente. Él era un cazador. Y yo también, maldita sea. Debería haberlo escuchado. Percibido. En cambio, me había abstraido en mis pensamientos. *Sobre* *él.* Respiré profundamente. Sí, ahora lo olía. Enfoqué mi mente lejos de la reunión y hacia él. Escuché los latidos de su corazón. Me di cuenta de todo.

El atlán que enseñaba lucha cuerpo a cuerpo se puso de pie, listo para demostrar sus habilidades si Quinn era una amenaza. Era casi cómico, porque la única otra everiana en la sala era yo. Nadie más era tan rápido o despiadado como Quinn. El atlán podría ser enorme y podría arrancarle la cabeza a Quinn, pero no había forma de que lo atrapara para hacerlo.

—Gracias, señor de la guerra —le dije mientras me levantaba de mi silla, extendiendo mi mano para detenerlo. Me moví para estar al lado de Quinn—. Pido disculpas por la interrupción, pero tal vez ahora es el momento de tomar un descanso.

—¿No me vas a presentar, compañera? He venido desde el sector 437.

La palabra *compañera* no fue ignorada por nadie. De hecho, todos sonrieron y comenzaron a hablar a la vez. Algunos incluso aplaudieron.

Sonriendo —no pude evitarlo, estaba muy feliz de verle— me volví hacia el grupo.

—Os presento al cazador de élite Quinn, de Everis.

La sala estalló en un coro de saludos y murmullos, sin duda especulando sobre esa palabra... compañera. *Compañera*. No estaba segura de si estaban tan entusiasmados porque *yo* había encontrado un compañero o porque era algo para celebrar. Estaba encantada de ver a Quinn. Impactada, incluso. Pero él había interrumpido mi reunión, interfirió con mi orden. Mi rutina.

El representante principal del Prime Nial dio la vuelta a la mesa.

—Felicitaciones, vicealmirante. —Ladeó la cabeza hacia Quinn—. Cazador de élite.

Quinn asintió en respuesta y el prillón volvió su mirada hacia mí.

—Vicealmirante, si desea excusarse, puedo dirigir el resto de la reunión.

—Eso no será...

—Gracias, guerrero —dijo Quinn, interrumpiéndome.

Estreché mis ojos. De manera fulminante. ¡Cómo se atrevía! Esta era mi reunión. Mi trabajo.

—Puedo continuar y...

—No, no puedes —dijo Quinn—. El guerrero ha ofrecido su liderazgo y lo aceptaremos.

Me agarró del codo con firmeza y me condujo hacia la puerta.

—Quinn —siseé en voz baja, pero él ni siquiera se volvió para mirarme. Sabía que podía escucharme. Él podía escuchar los latidos en mi pecho. Escucharía tan bien el susurro de su nombre en mis labios como un grito.

Los cadetes en el corredor se detuvieron y saludaron cuando pasaba, pero sabía que se preguntaban por qué me conducía por mi propio edificio.

Una vez afuera, Quinn finalmente se detuvo.

—¿Dónde están tus habitaciones?

—¿Ahora me estás prestando atención?

Él frunció el ceño.

—Siempre te he visto.

Resoplé.

—Me viste, ¿pero escuchaste? Esa era *mi* reunión.

Se encogió de hombros.

—Es solo una reunión.

Mis ojos saltaron.

—¡Solo una...!

Pasaron dos cadetes y saludaron.

Dios, esto era una pesadilla. Sin duda, la noticia de mi unión se difundió como si fuera una secundaria y no la Academia de la Coalición. Fue extraño cuando tenía trece años, y ahora me sentía de la misma forma.

No dije más, porque no podía volver a la reunión, de lo contrario despertaría aún más confusión y conversación. Di la vuelta y caminé hacia mis habitaciones. Como vicealmirante, tenía la ventaja de tener mi propia casa. Estaba alejada de los dormitorios principales y edificios de aulas, con árboles alrededor. Si bien no compartía el espacio, no era grande. Eso me vino bien porque no coleccionaba cosas, no necesitaba mucho y vivía simplemente, satisfecha.

Hasta ahora. Ahora estaba enfadada.

—Esto funcionará —dijo Quinn, mirando alrededor del interior de mis habitaciones. El piso de madera, las paredes blancas. Muebles lisos. La cama en la otra habitación—. Bien, ahora no tendrás que estar callada cuando te haga acabar.

—¿Me estás tomando el pelo? —grité

Él sonrió.

—Ahí está ella.

Miré alrededor.

—¿De qué demonios estás hablando?

—Mi compañera irritable.

Señalé el piso.

—Vienes aquí, de la nada, y me sacas de una reunión importante. ¿Para qué, para discutir?

—Vine aquí por mi compañera.

Miré por encima de mi hombro.

—¿Sí? Bueno, tu compañera estaba en una reunión.

Lentamente sacudió la cabeza, me miró de pies a cabeza como si me recordara desnuda. No debería estar mojada, pero lo estaba. ¿Por qué quería estrangularlo y montarlo al mismo tiempo?

Se acercó a mí en un abrir y cerrar de ojos, luego disminuyó la velocidad y me acarició la mejilla con un nudillo. Mis ojos se cerraron al tocarlos, pero los abrí, agarré su muñeca y la apreté. ¿Cómo se atrevía a atraerme con dulces gestos? Se inclinó hacia un lado para aliviar la presión del agarre, pero giró hacia el otro lado, llevándome con él en un círculo para que estuviera detrás de mí, su brazo alrededor de mi cintura. Sentí el fuerte empujón de su polla contra mi espalda baja.

—Vine a por ti. —Su aliento se avivó mi oído.

—Viniste a hacerme enfadar. —Aflojé para que sus brazos me levantaran; pisé la punta de su pie. Su agarre se debilitó, y me moví por la habitación con velocidad de cazador. No me siguió.

—Vine porque eres mía. —Curvó su

dedo y me hizo señas para que volviera a él.

Posé mis manos en las caderas.

—No puedes sacarme de una reunión.

—No debiste quitarme a mi presa.

Entrecerré los ojos.

—Entonces, ¿De eso se trata? ¿Estás fastidiando mi trabajo porque te quité la unidad nexus?

—Era mi derecho destruirla.

—Esa reunión era mi *deber*. No estábamos discutiendo sobre recetas de galletas. Estábamos discutiendo protocolos de entrenamiento, cambios en las estrategias de lucha contra la Colmena, cómo mantener vivos a más luchadores. Entrenar cadetes para que no entren en pánico en el campo de batalla, para que puedan defenderse en esta guerra. Ese es mi *trabajo*. Ese es *mi* derecho.

—Soy tu compañero. Pueden planear y cotillear sin ti durante unas horas.

—¡Soy la vicealmirante! Esa era *mi* reunión.

Su mandíbula se apretaba, sus músculos se tensaron. Y desde el otro lado de la habitación, pude ver el grueso bulto de su polla presionando contra sus pantalones uniformes. La atracción no era nuestro problema. Sino todo lo demás.

—No voy a repetir nuestra discusión en Latiri 4 —dije—. Tienes que entender, Quinn, que este trabajo *es* mi vida.

—No debería ser así. Necesitas más que reuniones y obligaciones. Somos compañeros. Es mi trabajo cuidar de ti ahora.

Suspiré. No se estaba comportando de esta manera para molestarme, pues él genuinamente creía en todo lo que estaba diciendo. Tal vez estaba demasiado acostumbrado a operar en una pequeña unidad de cazadores de élite con casi total autonomía. Los cazadores elegían qué misiones aceptar y cuáles rechazar. Una vez de cacería, vivían según su propio código de honor, sus propias reglas. Servían a la Coalición, y Everis envió luchadores regularmente a la guerra, pero los cazadores de élite eran totalmente diferentes. Normalmente no estaban en la cadena de mando directa, no informaban a alguien como yo. Pasaban por alto la burocracia, el papeleo. Las reuniones. Suspiré.

—¿Cómo te hago entender? Nadie lo hace, por eso es tan difícil. Nadie me ha entendido nunca. En la Tierra, yo era muy diferente. Con todo lo que hacía me gritaban *monstruo*. Luego, en Everis, no encajé. Me comportaba como una humana. No me gustó la comida everiana. No conocía las costumbres. Así que me fui. Cuando me uní a la Coalición, finalmente sentí que tenía un lugar al que pertenecer. Todo lo que hacía era aceptado. Mis diferencias me hacían mejor. Comprendía qué hacer y cómo hacerlo. Cuándo, dónde y porqué. Todo fue hecho para mí. Así florecí. Sobresalí. —Señalé el hombro de mi uniforme—. Soy vicealmirante a los treinta y seis.

—Y ahora me tienes —repitió.

Asentí.

—Sí, pero para que *tú* me tengas a *mí*, también debes tener a la vicealmirante. ¿Sabes a quién me reporto?

Sacudió la cabeza.

—Al Prime Nial. ¿Quién está por encima de él?

Frunció el ceño y luego dijo:

—Nadie.

—Exactamente. Nadie. Si bien hay algunos almirantes, y el doctor Helion en el Comando Central de la CI, me reporto directamente con el Prime. Todos se reportan conmigo. Todos los demás en la Flota de la Coalición están bajo mi mando directo. *Todos*. Piénsalo.

Cruzó los brazos sobre su amplio pecho y miró al suelo. Como él no dijo nada, seguí hablando, soltando más palabras.

—El comandante Karter está a cargo de un batallón. Estoy a cargo de entrenar cadetes que van a cientos de grupos de batalla en toda la flota. Estoy a cargo de las operaciones en múltiples frentes, incluyendo misiones de la CI.

—Al igual que la unidad nexus —dijo, inclinando la cabeza para mirarme con ojos intensos y pálidos.

Asentí.

—Sí. Como capturar la unidad nexus. Mi trabajo nunca se detiene, porque las personas que se reportan conmigo nunca se detienen. La batalla nunca termina.

—Tienes que descansar alguna vez —respondió—. Tienes que quitarte el uniforme en algún momento.

Asentí.

—Lo hago. Lo hice cuando me hicieron la prueba de novias. Fue entre períodos, y estaba en la Colonia visitando amigos. Entonces tú apareciste, con todo el lío de la prisión de la Colmena. Pero ahora el período está comenzando. Eso no espera porque he sido emparejada. Tengo un trabajo que hacer, Quinn. Un trabajo importante. Como esa reunión que interrumpiste.

Sacudió la cabeza.

—Me disculpo por arruinar tu reunión.

Lo miré con los ojos bien abiertos. Esas palabras fueron inesperadas.

—Pero creo que *necesitas* que te molesten. Puede que seas vicealmirante, pero yo soy tu compañero...

Quería encontrar la pared más cercana y golpearme la cabeza contra ella. Y ni siquiera había mencionado la forma en que respondió *por mí* cuando el guerrero prillón se ofreció a hacerse cargo de la reunión.

Una pelea a la vez.

—Quinn...

—Es mi trabajo ver que Niobe, no la vicealmirante Niobe, esté alimentada, descansada, segura y feliz. Sana.

—Bien, pero tengo que volver a mi reunión.

—No, no tienes que hacerlo. El tipo del Prime puede manejarlo.

—Pero...

—No. Desnúdate.

Yo retrocedí.

—No.

—Sí —respondió—. Desnúdate.

—Te escuché la primera vez. —Di otro paso atrás.

—Entonces haz lo que te digo.

—Estoy demasiado enfadada para tener sexo contigo.

Su pálida ceja se alzó.

—¿Ah, sí? —Cuando respiró hondo, sus fosas nasales se dilataron—. Estás húmeda.

Lo estaba. Maldita sea.

—No puedes mangonearme. Ni sacarme de las reuniones y decirme qué hacer.

—Me disculpé por la reunión. En cuanto al resto, sí, puedo mangonearte. Te puedo decir qué hacer. Quítese el uniforme, vicealmirante, para que pueda ver a Niobe. Quiero a mi compañera.

Ah. Yo sí lo quería. Quería sexo. Dios, esa dura polla que había sentido... la quería en mí. Llenándome. Podríamos discutir todo el día, pero eso no me daría un solo orgasmo. O la piel de Quinn sobre la mía. Sus labios... en todas partes. Mi deseo luchó contra mi mente, y como ya me habían sacado de la reunión, el daño ya estaba hecho. ¿No era así el dicho?

Él se había disculpado. Era hora de que me doblegase un poco. O me desnudase.

Él no se movió, apenas respiró cuando me quité el uniforme. Toda la ropa hasta que estuve desnuda frente a él en la habitación. Lo miré y esperé. Observé mientras sus ojos se calentaban, su mandíbula se tensó, su polla creció debajo de los pantalones.

—Muéstrame lo mojada que estás.

Su voz áspera hizo que mis pezones se endurecieran, hizo acelerar mi ritmo cardiaco.

Me di una nalgada y deslice los dedos sobre mis húmedas carnes, luego levanté la mano para que él la viera. Mi humedad brillaba en la punta de mis dedos.

Sacudió la cabeza.

—Así no. Date vuelta. Agáchate.

Demonios. Era un cerdo. Y me encantaba.

El piso de madera estaba frío bajo mis pies. Era perfecto, ya que estaba caliente por todas partes. Me di la vuelta e hice lo que me dijo, me incliné hacia adelante para que mi culo estuviera hacia arriba. Para que mi coño estuviese justo ahí y que él pudiese verlo.

Se acercó a paso humano, tomándose su tiempo para mirarme. Lo miré, incluso de cabeza, lo vi mirar hacia mi feminidad. Sabía que estaba mojada, abierta. Hinchada y lista para él.

Aunque lo vi moverse, cuando su mano se posó en mi culo, me sorprendí.

—Shh. —Me tranquilizó, acariciando mi piel con su gran mano—. Pon tus manos en la pared.

Me sostuvo la cadera mientras me enderezaba para hacer lo que me decía. Ahora, miraba hacia adelante a la pared blanca, con el culo hacia afuera.

—Buena chica.

—Quiero que sepas que soy una vicealmirante, no una buena...

Entonces me dio una nalgada, una palmada en mi trasero.

—Shh —repitió—. Sé lo que eres. Allá afuera, tú mandas. Aquí, con tu hermoso cuerpo solo para mis ojos, eres mía; y estás siendo muy, muy buena.

Apreté los dientes, convenciéndome de no menear las caderas por más.

—Entonces, ¿por qué me azotaste? —le pregunté, mirándolo sobre mi hombro.

Estaba completamente vestido mientras yo estaba desnuda, doblada. Vulnerable. *Dejando* que me azote. Debería darme la vuelta y patearle el trasero por querer azotar el mío. Pero la verdad era que me encantaba la marca. Su impacto. Me encantaba dejarme llevar, solo un poco, permitir que alguien más tuviera el control.

—Porque lo necesitas.

Me reí.

—¿Lo necesito?

Me dio otra nalgada, esta vez en la otra nalga. No fue duro, pero se hacía muy punzante. Jadeé, luego gruñí cuando metió un dedo entre mis labios vaginales.

—¿Ves? Lo necesitas. Te despeja la mente.

—¿De qué estás hablando?

Me azotó, de un lado, luego de otro. Más fuerte. Luego deslizó un dedo dentro de mi sexo húmedo. Gruñí. Sí, era lo que necesitaba. Pero su dedo no era lo suficientemente largo, ni suficientemente grueso. Necesitaba su polla.

Me azotó tres veces seguidas, rápido y caliente, solo con un dedo metido, y sin moverse. El calor me envolvió. El dolor se convirtió en calor, en fuego. Un brillo que se extendió, e hizo que mi sexo se derritiera.

—Quinn —jadeé.

—¿Sobre qué fue tu reunión?

—¿Qué? —pregunté, frunciendo el ceño.

—Tu reunión —repitió, luego me dio otra nalgada.

—No... no puedo pensar cuando haces eso.

Inclinándose hacia adelante, me susurró al oído.

—Exactamente. —Se acercó para que su polla y caderas se presionaran contra mi trasero caliente a través de la tela de su uniforme. ¿Por qué no estaba desnudo?

Retrocedió y lloriqueé, perdí la sensación de su uniforme contra mi piel desnuda. El contraste entre nosotros era muy notorio. Todo se derretía menos él. Menos Quinn.

Cayó de rodillas detrás de mí. Suspiró, y luego me lamió.

—¡Quinn! —grité al sentir su lengua. Ahí, en toda la extensión de mi feminidad, y luego concentrándose en mi clítoris. Moviéndolo, rodeándolo. No pude evitar mover las caderas, prácticamente follándome contra su cara. Mis palmas se presionaron contra la pared, pero es-

taban resbalosas. Apenas podía mantenerme en la posición correcta, cerca de
correrme.

Quinn debió de sentirlo porque se
sentó sobre los talones y luego se puso
de pie.

—Quinn —repetí, con la voz más desesperada y ansiosa que había escuchado salir por mi garganta. Me estaba
convirtiendo en un animal. Me di vuelta,
encarándolo, preguntándome por qué se
había detenido.

Él caminó por mi habitación, desnu-
dándose al andar, y se giró en la entrada.

—Corre.

—Estaba intentándolo —murmuré.
Mis pezones eran picos endurecidos y mi
sexo estaba tan húmedo que mis muslos
se empapaban. Estaba tan sensible, tan
lista para acabar que todo lo que tenía
que hacer era frotarme los muslos.

Verlo, desnudo y... Dios, era increíble.
Su largo cabello rozaba sus hombros anchos. Su abdomen era tan fuerte que podría sostenerme en él. Tenía un pene

que usaba para dar orgasmos mágicos. Y era todo mío.

Comencé a ir hacia él, lista y ansiosa por esa enorme polla, pero él levantó la mano.

—Arrodíllate.

Entró en el dormitorio, se sentó al borde de la cama para que aún pudiera verlo. Agarró la base de su pene, lo acarició y me miró.

—¿En serio? —pregunté.

—Sométete, compañera.

Había una alfombra suave en el suelo en la que quería que me arrodillara delante de él. Arrodillarme. Someterme. Darle el control total para que él me diera las fuertes estocadas que quería.

—Niobe —dijo, cuando no me moví —, el único que te verá entregándote a mí ... soy yo. No hay nada de qué preocuparse. Nadie a quien mandar. Ni considerar. No hay órdenes que dar. No hay reuniones que dirigir. Te voy a cuidar. A follar. Hacer que te corras. Hacerte gritar de placer. No pienses, solo escucha mi voz y haz lo que te digo.

Aunque tenía sentidos everianos y podía escuchar, oler y mirar todo con gran detalle, todo se enfocó solo en él. Su voz. Su aliento. Sus palabras.

Estábamos solos. No había una academia fuera de la puerta. Mi uniforme era un montón de ropa en el suelo. La ropa no significaba nada sin el cuerpo para vestirla.

En este momento, solo era Niobe. La compañera de Quinn. ¿Podría hacer esto? ¿Podría arrodillarme por él, entregar lo que él quería para que yo estuviera bajo su poder? Él tenía un punto, negociaba la dinámica entre nosotros... diciéndome lo que quería. Era un cazador, uno de élite. Fuerte. Veloz. Asertivo. Un depredador. Dominante por naturaleza. La pregunta era, ¿podría darle el control en esto? ¿Confiaba en él lo suficiente como para ceder? ¿Rendirme? ¿Someterme?

El lado humano de mí estaba discutiendo con todo lo que sucedía. Indignado. Irritado. Furioso porque había interrumpido mi reunión. ¿Y la mitad everiana? Que Dios me ayude, estaba tan endemoniadamente caliente que tenía problemas para detenerla. Todo en lo que podía pensar era en el hecho de que Quinn me había dominado en la nave Karter, me había cazado, perseguido, follado y atiborrado con su polla en la manera que mi naturaleza cazadora ansiaba de un compañero digno. La mitad everiana en mí se sentía más que feliz de darle lo que quisiera, ahora que me había conquistado en una cacería de unión... incluso estando en una nave de guerra.

Me encontraba en guerra conmigo misma. Lógica contra instinto. Necesidad contra mi idea humana del hombre perfecto.

Al crecer en la Tierra, pensé que quería a alguien reservado. Cuidadoso. Silenciosamente comprensivo. Nunca discutiríamos, pensé. Nunca pelearíamos. Nunca follaríamos como animales irracionales.

Quinn estaba lejos de ser reservado o cuidadoso. Sabía que discutiríamos mucho. Y estaba encendida por solo mirarle.

Continuó sentado ahí y se acarició su polla. Estaba tan excitado como yo, pero era paciente. Esperaba. Todo lo que tenía que hacer era ir con él y ambos obtendríamos lo que queríamos. Lo que necesitábamos.

—Te veo, Niobe. —Aunque su voz era profunda, llena de necesidad, era tranquila. Casi... reconfortante—. Veo quién eres. Lo que necesitas. Solo por mí. Sométete. Déjame cuidarte. Deja de pensar. Solo siente.

Esas dos últimas palabras contenían más calor del que podía procesar mientras me enfocaba en su poderosa mano moviéndose a un ritmo constante hacia arriba y abajo de su polla. Yo quería esa polla. Era mía.

Lentamente, me desplomé en el

suelo, me puse de rodillas. Lo miré. No aparté la vista, solo respiré y esperé, mi coño se apretó, muy mojado.

—Eres tan hermosa —murmuró—. Tan perfecta.

Su mano libre se levantó y tiró del moño en mi cabello para que cayera sobre mis hombros. Incapaz de esperar, me incliné hacia delante y lamí la gota brillante de la punta de su miembro. Probando su salado sabor.

Él siseó y supe que mientras estaba de rodillas ante él, desnuda y expuesta, estaba allí conmigo. Tenía poder sobre él. Nadie más podría obligarlo a mover sus caderas con deseo o sentir la necesidad de arremeter y follar. Lo convertí en un animal, sujeto a sus instintos básicos. Justo como me volvía ansiosa por él. Mojada. Lista. Deseosa de ser reclamada.

Parpadeé y lo siguiente que supe fue que estaba de espaldas en la cama blanda. Había usado su velocidad y fuerza cazadora para ponerme ahí. Se arrastró por mi cuerpo, separando mis rodillas con las suyas mientras avanzaba. Lo miré, todo un cazador letal, pero su tacto, excepto por las nalgadas, era gentil. Delicado. Como si yo fuera preciosa para él.

—Malditos sean los dioses, Niobe, no creo que pueda esperar.

Me mordí el labio. Asentí. Mi trasero estaba caliente y adolorido donde se presionaba contra la cama, y el calor adicional solo se sumó a mis sentidos saturados.

Colocando una mano junto a mi cabeza, presionó su frente contra mi estómago. Respiró hondo.

—Ya no huelo mi semen en ti.

Gruñó, encontró mi sexo y metió los dedos en mí sin previo aviso. Sin juegos. Un impulso de posesión descarado y agresivo. Jadeando, arqueé la espalda. Quería más.

Moviendo sus dedos dentro y fuera de mi cuerpo, me folló con ellos mientras hablaba.

—Si vas a salir con ese elegante uniforme de vicealmirante, entonces por debajo, tienes que estar cubierta de mí. Marcada. Perfumada. —Sus dedos se deslizaron y él se movió sobre mí, alineando su polla contra mi entrada. No esperó, metiéndose profundamente con un solo movimiento—. Mía.

—Quinn —susurré, agarrando sus costados con mis rodillas mientras me ajustaba a su tamaño.

Su cuerpo cubrió el mío por completo, con todo el calor, el olor y el salvajismo. Se movió dentro y fuera de mi cuerpo, sosteniendo mis manos sobre mi cabeza mientras me follaba tan lentamente que pensaba que moriría.

—Cada vez que estés sentada en una de esas reuniones y comandando a tus tropas, sabrás que eres mía —continuó.

Mi coño se apretó alrededor de él y gemí, apretándome, enganchando las rodillas detrás de sus caderas. Dios, sus cochinadas serían mi ruina.

—Nadie más te verá así, nunca.

Negué con la cabeza mientras comenzaba a marcar un ritmo constante, más fuerte. Más deprisa Los dedos de los pies se me curvaron y mis músculos comenzaron a temblar como si estuviera perdiendo el control, no solo de mis sentidos, sino de todos los músculos y fibras de mi ser.

Inmovilizó mis dos muñecas firmemente con una mano, y usó la otra para empujar mi rodilla hacia afuera y hacia la cama, abriendo mi cuerpo a sus embates, dándole el ángulo que necesitaba para ir más adentro, para frotarse contra mi clítoris cada vez que tocaba fondo dentro de mí. Se movía con la precisión y el control de una máquina. Rápido. Profundo. Una y otra vez...

—¿Quieres correrte?

—Sí. —La respuesta salió de mi boca antes de procesar la pregunta por completo. Sí era mi respuesta para él. Sí a cualquier cosa. Lo necesitaba. Sí.

—Pídelo.

Me relamí los secos labios, sonrientes mientras él se incrustaba profundamente. Yo estaba tan cerca como lo había estado cuando puso su boca sobre mí, mientras estaba parada contra la pared. Ahora, pensar en él, esperando a que me arrodille frente a él, me llevaba al borde. Me encantaba darle el control. Me encantaba olvidar, y solo mirarlo. Solo escucharlo. Olerlo. *Sentirlo.*

—Por favor, Quinn. Déjame correrme.

Su mano se deslizó entre nosotros, rozando mi clítoris.

—Ahora.

Eso era todo lo que hacía falta. Una palabra. Su orden. Y obedecí.

Y al hacerlo, me hundí en la dicha. En el placer que me hizo ver colores detrás de los párpados. Me hizo gritar su nombre. Mi coño se apretaba y le sacaba todo su semen. Su polla creció, se tensó, se hinchó, y estalló profundamente dentro de mí. Y pasando por todo eso, él estaba ahí conmigo, su poder y control eran un bálsamo que no me había dado cuenta que necesitaba, pero mi alma lo absorbió como si hubiera estado muriendo de sed durante años.

Confianza. Esto era confianza, y nunca me había entregado realmente a nadie más.

El aroma del sexo, de su semen, de mi deseo, era embriagante. Él tenía razón. Olería a él. Sentiría el dolor en mi trasero, la hinchazón en mis partes, el placer liberador de mi clímax mucho después de volver a ponerme el uniforme.

Pero por ahora, me deleitaba en Quinn; en ser una mujer enamorada.

En ser solo Niobe.

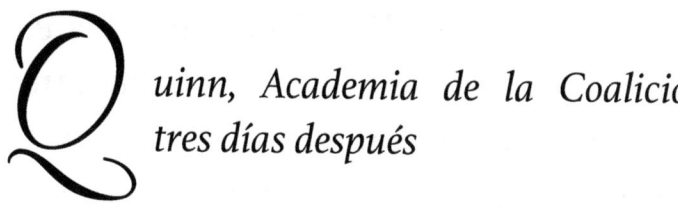

Quinn, *Academia de la Coalición, tres días después*

MI COMPAÑERA ESTABA OCUPADA. Siempre estaba ocupada. Reunión tras reunión, disciplinando a los cadetes y a los instructores, reuniéndose con un flujo constante de personal de la Flota de la Coalición recién salido del frente con informes sobre nuevas técnicas de batalla.

La llevé a unas pocas aulas cerradas, la doblé sobre un escritorio o dos y le recordé quién estaba a cargo... pero comenzaba a dudar que realmente me estuviera escuchando para ese punto.

Deambulando por los jardines, vi las simulaciones de batalla de los cadetes desde una de las estaciones de control. Eran muy buenos. Precisos. Pretendían preparar a los luchadores para la batalla, e hicieron un gran trabajo recreando los entornos y terrenos en los que luchaba la flota todos los días. Pero ver a los cadetes gritar, disparar y fingir matarse entre ellos no era un entretenimiento. Al menos no para mí. Los sonidos me resultaban muy familiares, me recordaron cosas que era mejor olvidar. Había visto suficiente batalla y muerte para toda una vida.

Yo no era de la Flota de la Coalición. No tenía que estar aquí. Técnicamente, respondía a los gobernantes de Everis y a nadie más. Había reunido una unidad y servimos a la Coalición, habíamos hecho nuestra parte en la guerra. Pero ahora, gracias a esa unidad nexus, todos los miembros de mi unidad estaban muertos. Solo quedaba yo, y pude armar una nueva unidad de cazadores, unirme a otra unidad en busca miembros, o podría haber hecho un cambio permanente.

Podría quedarme aquí en Zioria. Pero la idea de deambular por los terrenos de la Academia de la Coalición como un invitado que se había quedado más de lo esperado no me sentó bien.

Yo no pertenecía aquí. Fui aceptado, bien tratado, pero por lo demás, ignorado. Yo no era parte de esta máquina. Este no era mi planeta, ni mi gente ni mi vida.

Mi deseo era llevar a Niobe a Everis. Tenía una casa allí. Familia. Podría meterla de forma segura en la propiedad familiar y tomar misiones a medida que llegasen, sabiendo que ella estaría protegida y segura mientras yo hacía lo que debía hacerse.

Era un cazador de élite. Adinerado.

Respetado en todos los planetas de la Coalición.

Y, sin embargo, no podía controlar a mi propia mujer. No pude protegerla. No podía mantenerla, ni mantenerla a salvo, ni cuidarla como necesitaba hacerlo. Y aunque podía dominarla en la cama, en el momento en que se volvió a poner el uniforme de vicealmirante sobre esas curvas, ya no era mía.

Niobe era de *ellos*. Cada ser vivo que se transportaba dentro o fuera de este planeta requería su atención. Necesitaban que tomara decisiones y mantuviese las cosas funcionando. Y malditos sean los dioses, estaba orgulloso de ella. La vicealmirante Niobe era una comandante dura, no aceptaba tonterías. No aceptaba insubordinación, rara vez mostraba alguna emoción, y siempre... siempre... permanecía en control.

Y verla haciéndose eso a sí misma me estaba volviendo loco. Conocía a la verdadera Niobe, la mujer que se arrodilló frente mí temblando de ansiedad. La compañera que se arrastró por el piso hacia mí, que rogó correrse, y me rodeó con las piernas, y me besó como si nunca pudiese parar.

Las dos versiones de ella se enfrentaban en mi mente, y aunque lógicamente, podía reconciliarlas, mis instintos me gritaban que la arrojara sobre mi hombro y huyese.

Los cazadores de élite eran conocidos por ser primitivos. Posesivos. Protectores.

Y yo tenía una compañera que no me permitía poseerla ni protegerla.

La situación me dividía en dos, y no podía vislumbrar ninguna solución. Nunca le pediría a Niobe que se alejase de su puesto, ya que era buena. Jodidamente buena. Y la Flota de la Coalición la necesitaba.

Pero yo también. Más de la mitad del día estuvo encerrada tras una puerta, donde no podía llegar a ella. No podía verla. Ser un cazador fue lo que me salvó, pues todavía podía olerla. Escuchar su corazón latir. Sabía que ella estaba bien. Entera. Y, sin embargo, incompleta. Mi obsesión solo crecía cada vez que la tomaba, la llenaba con mi semilla, la marcaba con mi aroma. Obsesionado era una palabra demasiado blanda.

Y, sin embargo, la idea de jubilarme, de renunciar a mis deberes como cazador, vivir una vida civil tranquila no era atractiva. Perdería la cabeza si me quedaba encerrado en la pequeña casa de Niobe como una mascota, sin nada que hacer. Estar sentado en el escondite tampoco estaba en mi naturaleza, pero había hecho un gran trabajo los últimos días, aunque me encontraba de mal humor como un adolescente.

Estaba perdiendo la cabeza, incapaz de protegerla, incapaz de marcharme.

Así que la follé. Duro. Le di lo único que podía darle, placer. Orgasmos. Un respiro, aunque fuera por un corto tiempo, de sus deberes para con el resto del universo.

¿Y en él? Intentaba no arrancarles la cabeza a todos los cadetes, instructores o visitantes que intentaron hablar conmigo. Era demasiado bruto para ser civil, mi ansiedad de proteger a mi compañera me llevaba al borde del legendario autocontrol de un cazador de élite.

Estuve en cacerías por el territorio de la Colmena que habían sido más fáciles que dejar que se fuera y que cerrara la puerta de su oficina todos los días. Cada maldito día.

—¿Cazador de élite Quinn? —Un joven cadete corrió hacia mí desde el edificio administrativo principal donde Niobe estaba, en este mismo instante, encerrada dentro de una sala con ocho señores de la guerra atlanes, discutiendo técnicas de entrenamiento atlán.

Más secretos. No se me permitía conocer más detalles, pero pude escucharlo con claridad.

—¿Sí? —Me volví para ver al joven macho acercarse. Era prillón y apenas parecía tener edad para luchar. Aunque tal vez me estaba haciendo viejo.

—La vicealmirante Niobe emitió órdenes para que usted se reportara para transporte inmediato, señor —añadió al *señor* como una señal de respeto, no porque fuera requerido por los protocolos de la Coalición. No era, técnicamente, parte de la Flota de la Coalición. No tenía rango oficial. Ni códigos de la Central de Inteligencia. Ni derecho a estar al lado de mi compañera en sus reuniones. Ni derecho a protegerla. Aunque fuera todo lo que quería hacer. Proteger lo que era mío.

—¿La vicealmirante me ordenó reportarme? —Ella estaba al mando de todo el planeta, pero la idea todavía me irritaba. Yo no era de la coalición. No era de ella para mandar. Ella era *mía*.

—Sí, señor. Ella dijo que era urgente.

Mierda. Mi irritación se desvaneció al instante. ¿Qué más se suponía que ella debía decirle a este cadete? ¿Por favor, pídele al cazador de élite Quinn que venga a la sala de transporte cuando pueda? No. Esa no era su forma de ser. Como vicealmirante, le daría una orden a este cadete y no se lo pensaría dos veces, especialmente si el asunto era urgente. Tenía que ganar el control de mis emociones con respecto a mi compañera. No era racional. No lo había sido desde que la conocí. Joder, vivía quejándome mentalmente. Constantemente. Gracias a los dioses no era un atlán porque si me sentía tan protector sin una bestia interior...

—Gracias, cadete.

El joven prillón asintió y corrió por donde había venido. ¿Urgente?

Mi corazón se detuvo con preocupación y días de cruda frustración salieron a la superficie al pensar que mi compañera podría estar en peligro.

Moviéndome con velocidad de cazador, estuve dentro del edificio antes de que el cadete hubiera recorrido la mitad del camino. Pasando los pasillos como un mero borrón, corrí al lado de Niobe, con el pulso acelerado, y todo mi cuerpo embravecido por la necesidad instintiva de proteger a mi compañera.

—¿Niobe? ¿Estás bien? —Mi voz resonaba por las paredes de la sala de transporte cuando me detuve a su lado. Ella estaba hablando con un prillón que tuve el disgusto de conocer en una misión anterior, años atrás. Verlo no mejoró mi estado de ánimo. A donde él iba, le seguía el dolor—. Doctor Helion.

El médico de prillón me miró durante un momento frío y calculador antes de hundir la barbilla en un gesto casi imperceptible.

—Cazador de élite Quinn. Felicitaciones por su emparejamiento con la vicealmirante Niobe.

Ese comentario no era lo que me esperaba, ni me importaba tener sus buenos deseos sobre nada. A la mierda eso. Preferiría que se quedara lo más lejos posible de mi compañera. ¿Y decirme su título completo? ¿Qué era eso? ¿Una reprimenda para un niño?

—¿Qué está haciendo aquí, doctor?

El doctor desplazó la mirada de mí a Niobe, con duda en los ojos. Cuando mi compañera asintió, dándole *permiso* al doctor para hablar, lo hizo, con palabras contundentes y yendo al grano.

—Me transporté para hablar con la vicealmirante sobre la unidad nexus que logró obtener en Latiri 4.

Que consiguió obtener. Claro.

—¿Y?

¿Qué le habían hecho al bastardo azul? Ojalá lo hubieran diseccionado vivo.

—No estoy en libertad de discutir nuestros hallazgos con usted. No tiene la autorización requerida de la CI.

Y eso fue todo. Miré a Niobe, la disculpa en su mirada no era lo que esperaba cuando me di cuenta de que no tenía intención de decirme más.

Deber. Reglas. Mando. Autorizaciones secretas y la Central de Inteligencia. Pero esa mirada decía que no le gustaba que él fuera intencionalmente un idiota.

Mi compañera estaba tan envuelta en regulaciones y protocolo que bien podría haber sido una máquina. Pero también amaba esas reglas y la estructura. Ella me había dicho lo mismo. La Flota de la Coalición le dio un lugar al que pertenecer, donde sentirse segura de sus habilidades y destrezas. Necesitaba ese orden en su vida diaria tanto como necesitaba que yo le diera órdenes y dominio en el dormitorio.

Pero yo era un cazador de élite. Operamos por nuestra cuenta, fuera de las reglas, y esta estructura y protocolo me resultaban opresivos. Sofocantes. Era muy difícil lidiar con imbéciles como el doctor Helion presionándome como un mazo que clava una espiga en el suelo, tratando de amoldarme.

¿Cómo demonios se suponía que debía proteger a Niobe cuando no sabía en dónde estaba la mitad del tiempo? ¿Cuando no tenía idea de con quién se había reunido, qué discutieron o qué estaba pasando en su vida?

En la cama, desnuda, era mía.

¿Pero en cualquier otro momento del día y de la noche? Ella les pertenecía. A él. Al doctor Helion y los cadetes y miles más alineados detrás de ellos.

Aplacando mi irritación, me concentré en mi compañera, ignorando por completo al doctor.

—¿El cadete dijo que me necesitabas?

No dije que *me lo ordenó*. No delante del «doctor Muerte y Destrucción».

—Sí. Tengo que ir al Comando Central de la CI. Vamos a transportarnos tan pronto como llegue el señor de la guerra Gram. No quería que te preocupases cuando no estuviera en la cena.

¿Ir al comando central? ¿En dónde demonios quedaba? No me molesté en preguntar. No me lo dirían.

—¿Cuándo estarás de vuelta?

No podía prohibirle que se fuera sin mí. Que me maldigan los dioses; quería hacerlo, pero sabía que no tenía el poder.

Miró al doctor Helion por una respuesta, y él dio una que no me gustó.

—No estoy seguro. Menos de un día.

Mierda. Mierda. Mierda.

—¿Puedes garantizar su seguridad?

Me miró fijamente, pero me negué a retroceder.

—Dije, ¿puedes garantizar su seguridad?

—Quinn. —Niobe puso su mano sobre mi pecho y empujó, gentilmente, tratando de alejarme del guerrero prillón, mucho más grande. Era grande, pero lento. Podría matarlo en una fracción de segundo.

—¡Quinn! —Niobe gritó mi nombre y la bruma roja de ira protectora disminuyó. Esto no era aceptable. Mi falta de control no era aceptable. La separación diaria entre mi compañera y yo no era aceptable. No ser capaz de proteger a Niobe me estaba consumiendo como una llama encendida. Una mecha, y el cazador de élite dentro de mí ardería. Proteger a mi compañera. Esa era la prioridad en mi mente.

Su sumisión era algo hermoso. Me lo entregó como un regalo. Mi habilidad para dominar aliviaba el desafío de que ella fuese la vicealmirante, pero nada —*nada*—aliviaría mi necesidad de protegerla.

El doctor Helion se dio la vuelta, rompiendo el contacto visual, poniendo distancia entre él y mi mujer. Gracias a los cielos que parecía tener alguna idea de lo que estaba enfrentando porque, tan pronto como estuvo lo suficientemente lejos como para que mis instintos dijeran que ya no era una amenaza, pude pensar de nuevo. Atraje a Niobe hacia mis brazos y enterré mi cara en su cabello. Inhalé su aroma. Calmaba a la furiosa criatura dentro de mí que quería cazar. Para matar cualquier cosa que la amenazara.

—Niobe. No. No puedo protegerte si te vas.

—Tengo que ir. Estaré a salvo. Lo prometo.

—Iré contigo.

Ella sacudía la cabeza con la mejilla presionada en mi pecho, pero me dejó abrazarla aquí, en público. La necesitaba cerca. Necesitaba calmarme. Saber que estaba a salvo. Segura. En mis brazos.

—No puedes. Vamos a una instalación segura de la CI, y menos de una docena de personas saben que existe. Tienes que dejarme ir.

—No puedo. —No estaba siendo dramático ni mintiéndole. Mis instintos de cazador literalmente tomaron el control de mi cuerpo. No podía dejarla ir. La criatura dentro de mí sabía que ella la abandonaría si lo hacía, y él apretó su agarre como un animal.

Mierda. *Yo* comenzaba a sentirme como un animal. Una bestia. No tenía fiebre de apareamiento, como un maldito señor de la guerra atlán, pero estaba perdiendo el control, al igual que ellos, porque no podía proteger a mi compañera.

No sabía cómo Seth o Dorian dejaban que Chloe saliera en misiones. Ella era una comandante y los superaba a ambos en rango. Si bien la compañera de Karter no estaba en la Coalición, lideraba a todo el personal no combatiente por todo un batallón. ¿Cómo se dividieron las tareas? ¿Cómo no perdieron la cabeza? Pero ninguno tenía una vicealmirante como compañera. Me estaba volviendo loco. Era obvio por mis pensamientos obsesivos sobre tratar de protegerla.

Niobe se retiró de mis brazos, me quedé quieto, usando cada gramo de disciplina que había adquirido en años de cacería para dejarla ir.

La vi caminar hacia la plataforma de transporte donde el doctor Helion y el señor de la guerra Gram se unieron a ella. Vi cómo ella asintió con la cabeza al técnico de transporte.

—Inicie el transporte.

—Sí, vicealmirante. —El técnico de transporte hizo su magia.

Vi cómo mi compañera, mi vida, y mi agitado corazón desaparecieron... no tenía idea de adónde se había ido.

Esto era inaceptable. Era hora de dejar de quejarme y parar de lloriquear mentalmente. Esa mierda había terminado.

Era hora de hacer algo para proteger a mi mujer.

Q uinn, Prillon Prime, estudio personal del Prime Nial

LA SEGURIDAD de Prillon Prime era un desafío. Tuve que sortear sigilosamente no menos de siete guardias e incapacitar a dos más para llegar a esta sala. Los guardias despertarían más tarde con fuertes dolores de cabeza, pero no serían peores que mi fallecimiento.

No estaba en Prillon Prime para

causar problemas o herir a nadie. Todo lo contrario, de hecho.

Y hablaría con el Prime Nial, aunque aceptara una reunión conmigo o no. Había intentado la ruta diplomática, sin éxito. Parecía que un humilde cazador everiano simplemente no podía solicitar una reunión con el gobernante más poderoso de la galaxia conocida. Me habían informado, en términos inequívocos, que estaba *ocupado*.

Bueno, a la mierda eso. No tenía tiempo para ocupados. Mi compañera estaba allá con el doctor Helion haciendo quién sabe qué, sola. Sin su compañero para protegerla.

Sin mí.

Así que me ayudé de uno de los *beacons* de transporte individuales de Niobe; no, de la vicealmirante.

Podían castigarme por eso también si lo desearan.

O podrían intentarlo. Primero tendrían que atraparme, y según el estado del contingente actual de guerreros del

Prime Nial, necesitarían tres docenas más para tener una posibilidad. Al menos. No solo era un cazador de élite, estaba aquí para proteger a mi compañera.

Tendrían que matarme para evitar que protegiera a Niobe.

Mirando alrededor del interior de la casa del Prime, me movía como una sombra. Podía oler a dos hombres en la residencia. Uno que estaba muy cerca de una hembra humana, supuse que debía ser su compañera, Jessica, de la Tierra. ¿El otro? La ira y la frustración se olían en el aire, la respuesta de su cuerpo al estrés claramente evidente, al menos para mí. El aroma provenía de una pequeña habitación cerca de algún tipo de biblioteca, antiguos tomos históricos y armaduras de reliquia que cubrían las paredes.

La armadura de su padre. De su abuelo. Marcada, astillada y quemada en la batalla. La familia Deston era legendaria entre la gente de Prillon, y no tenía dudas de que el Prime Nial sería un guerrero destacado. Pero estaba más que preparado para la tarea.

Moviéndome hacia la puerta, la abrí lentamente, sabía que encontraría al Prime Nial dentro. Solo.

La madera prillón brillaba en el suelo. Los grandes ventanales mostraban vistas espectaculares de la ciudad frente a ellos, y servirían a su líder como un recordatorio de todos aquellos a quienes gobernaba desde el interior de esos muros. Y el hombre mismo... medía dos metros, con hombros anchos y poderosos.

No hice ningún sonido y, aun así, detuvo la mano en el aire sobre un informe y levantó la vista, pero no se movió más. Se tomó su tiempo para inspeccionarme; para mirarme de pies a cabeza y evaluar mis intenciones. Tenía buenos instintos. Dejó a un lado el informe y alzó las cejas con impaciencia. Me agradó tan pronto como habló.

—¿Quién diablos eres tú?

La voz del Prime Nial era como un contundente estruendo.

—El cazador de élite Quinn, Prime Nial. Pido disculpas por la condición de su guardia personal.

Abajo, escuché al otro hombre moverse y me pregunté qué me había delatado. Entonces recordé los collares de unión prillón. Un momento de alarma en el Prime Nial alertaría a su segundo sobre el peligro, para acudir en su ayuda, para proteger a su compañera.

Si bien el Prime Nial podría ser mesurado, razonable, escuché que su segundo, una bestia de guerrero llamado Ander era temido entre la gente, que tenía profundas cicatrices de la guerra e infundía terror a los enemigos de Nial.

No tenía miedo de los guerreros prillón, ni de sus cicatrices. Aun así, no era un idiota. Necesitaba apurarme. Enfrentarse al Prime Nial solo era una cosa. No tenía ningún deseo de exponer mi caso a nadie más. Ander era irrelevante para mi misión.

Permanecí de pie mientras esperaba que el gobernante de Prillon decidiera qué hacer conmigo, sin querer aumentar la falta de respeto. Irrumpir en su casa sin previo aviso era suficiente para merecer un castigo severo, pero nada de lo que me pudieran hacer me detendría. Ya había estado en el peor infierno en esa base controlada de la Colmena. Un calabozo de la Coalición sería como unas vacaciones en comparación. Y Niobe valía cualquier riesgo.

Él caminó para pararse frente a su escritorio, habiéndome evaluado ya y claramente encontrándome libre de cualquier amenaza para su persona. No estaba seguro de si debería sentirme insultado por no haberme encontrado amenazante, o la reputación de los cazadores de élite me precedió, y el Prime Nial asumió que no quería hacerle daño.

—Soy consciente de que los cazadores de élite son rápidos, pero para superar a mis guardias... —Sacudió la cabeza y se sentó en el borde del gran escritorio. No tenía dudas de que tenía un contingente de guerreros protectores cerca, pero si yo tuviera la intención de matar al Prime, ya lo habría hecho—. ¿Por encima de cuántos pasaste?

Hice un cálculo mental.

—Nueve.

—¿Vivos?

—Por supuesto.

El asintió.

—Impresionante.

No dije nada, porque era un momento extraño para agradecerle el cumplido.

—¿Debería estar impresionado o debería despedir a mi equipo de seguridad?

Mi presencia aquí no era culpa de ninguno de sus guerreros.

—Con todo respeto, Prime Nial, pero soy un cazador de élite con casi veinte años de experiencia operativa. Sus guardias estaban inconscientes incluso antes de darse cuenta de que estaba aquí.

Su ojo no integrado, el izquierdo, que era completamente plateado por las integraciones de la Colmena, se abrió de par en par.

—¿Por qué estás en mi casa, cazador de élite? Explícate, y será mejor que sea una muy buena explicación.

—Mi compañera es la vicealmirante Niobe.

Una sonrisa suavizó su expresión seria. Se puso de pie de inmediato y se adelantó para darme una palmada en el hombro.

—No había oído hablar de la unión. Felicidades.

Asentí y le sonreí también. Estaba contento y no tenía miedo de compartir eso.

—Pero eso no explica su entrada ilegal y no autorizada a mi hogar, ni su transporte no autorizado.

—En realidad, señor, sí lo explica.

Se dejó caer en una de las dos sillas destinadas a los visitantes. La ubicación menos que formal alivió la preocupación de que me escoltarían antes de presentar mi solicitud.

—Esto lo quiero escuchar. —Señaló la silla a su lado.

Como ambos éramos altos, él mucho más que yo, las sillas estaban demasiado juntas. Empujé la mía antes de sentarme.

—Usted está emparejado. —Eché un vistazo a su collar rojo—. Asumo que es muy protector con su compañera.

No lo dije como una pregunta, porque si lo hubiera hecho, estaría insultando no al Prime, sino a un hombre prillón emparejado. No sería inteligente.

—Ferozmente. La señora Deston es mi mundo. Y el de Ander.

—¿Cómo se sentiría si su compañera fuera vicealmirante y formara parte de la CI?

Se frotó la mandíbula y me estudió. Pude ver por qué era Prime. Era pensativo, analítico. Considerado, pero muy probablemente despiadado. La descripción se parecía mucho a Niobe.

—Ella es muy importante para mí y para la Coalición. —Sus palabras de elogio para mi compañera aumentaron mis esperanzas de que cooperaría con mis demandas.

—Ella es de la CI. Una oficial comisionada en la Coalición. Trabaja con el doctor Helion en una serie de programas secretos —dije, como si él no supiera al respecto.

—Ya veo. —El Prime se inclinó hacia adelante, con los codos sobre las rodillas donde estaba sentado, evaluándome—. No puedes protegerla como deseas.

También era inteligente.

—Supongo que está al tanto de lo que sucedió en Latiri 4, de la captura y transporte de la vicealmirante de una unidad nexus.

—Sí. Eso es información altamente confidencial, pero como estabas allí, no puedo culparte por saberlo.

—Yo estuve ahí. Ese maldito me torturó durante más de una semana, mató a mi unidad y me hizo observarlo.

Suspiró y me di cuenta de que había perdido el foco, aunque solo fuera por un segundo.

—Lamento la pérdida de tu unidad.

Asentí. No había nada más que decir.

—Como fui el único en sobrevivir, estoy... en espera de destino. Mi unidad se ha ido. He cumplido más de lo que debía para Everis y la Flota en esta guerra. Niobe, la vicealmirante Niobe, no es solo mi compañera. Ella es mi trabajo. Mi misión ahora.

—Eres un cazador de élite, Quinn. No eres uno de mis oficiales. No eres, técnicamente, parte de la Coalición. ¿Qué es lo que quieres de mí?

—Quiero ser asignado permanentemente a la vicealmirante Niobe como su consejero personal. Iré a donde ella vaya. Al Comando Central de la CI, a la Academia... cada reunión, cada misión. Esa es la única forma en que puedo protegerla.

—Respondes ante los everianos, Quinn. No ante mí.

—Despójeme de mi estado de cazador de élite. Asígneme una comisión en la Flota de la Coalición. Deme la autorización que necesito para estar al lado de mi compañera.

Sus cejas se alzaron con sorpresa.

—¿Por qué debería hacerlo?

—Como dije, mi misión ahora, y hasta que dé mi último aliento, es Niobe. Asígneme como su seguridad personal. A donde ella va, yo voy.

—¿Y si me niego?

Era mi turno de estudiarle, evaluar la amenaza para mi compañera. Él era el medio para un fin deseado, una solución que nos haría felices tanto a mí como a mi compañera, pero si se negaba...

—Encontraré otra manera, pero estaré con ella. Yo la protegeré. No tengo otra elección. No puedo aceptar las cosas como son. No puedo verla entrar en peligro sola y sin protección.

—Está protegida por la Coalición, por guerreros altamente capaces, por activos de la CI.

—Y ninguno de ellos la protegerá como yo lo haría, y usted lo sabe.

Entonces sonrió y comencé a relajarme, a pensar que, tal vez, me saldría con la mía sin más discusiones.

—Ya no serías parte de las listas de cazadores de élite. Nunca más. Ya no te reportarías a Everis, sino a un oficial de la Coalición de mayor rango. —Cuando ni siquiera parpadeé ante esos escenarios, agregó—: No te convertirías en nada más que un soldado de la Coalición con el bajo rango de teniente. Eres demasiado inteligente, calificado y experimentado para aceptar tal degradación. Demonios, apenas superarías a un cadete.

Me encogí de hombros.

—Los títulos no significan nada. Puede llamarme como quiera, soy lo que soy. Mis habilidades y entrenamiento no cambiarán. Soy un cazador de élite, incluso sin el título. Nadie puede proteger a mi compañera como yo lo haré. Debo servir a Niobe. Pero para hacerlo, necesito que el resto de la Flota de la Coalición reconozca mi estatus como su protector. Con mucho gusto seguiré las órdenes de la vicealmirante...

—Y las mías. —Su condición era clara, inquebrantable. Pero tenía fe de que no me pediría nada que no pudiera aceptar. No era un hombre irrazonable.

—Acepto.

El silencio se alargó mientras nos mirábamos el uno al otro, ninguno de los dos parpadeaba. Su ojo plateado era extraño. Extraño. Pero no tenía dudas de que lo vio todo. Quizás más.

—¿Entras en mi casa, incapacitas a mis guerreros, pides hablar conmigo y crees que debería recompensarte dándote exactamente lo que quieres? —respondió.

—Sí. —Le sostuve la mirada esperando que entendiera—. Escúcheme. Puedo lidiar con que ella sea vicealmirante. Ella es inteligente, experta. No dudo de sus habilidades o su sabiduría. Estoy orgulloso del rango que ha alcanzado. Estoy orgulloso de ella, orgulloso de llamarla mía —suspiré, intenté relajar mis tensos hombros—. Pero no puedo aceptar que esté en peligro. La idea de que se vaya sin mí para mantenerla a salvo me está volviendo loco. —Me incliné hacia adelante en mi silla, supe que había desafío en mis ojos. No retrocedería, no en esto. Este era mi futuro. La seguridad de mi compañera—. Autoríceme. Hágame un oficial de la Coalición. Deme el mayor nivel de seguridad necesario para estar a su lado. Soy leal a mi compañera, a la Coalición de Planetas, a la supervivencia y seguridad de todos los planetas miembros. He demostrado mi valor con creces. No lo traicionaré ni a usted ni a la Flota. Nunca la traicionaría a ella. Asígneme como su seguridad personal. Seré el teniente más hábil y despiadado jamás visto en la Coalición.

—Como dije, perderás tu estatus de cazador de élite. —Esa declaración significaba que todavía lo estaba considerando.

Me encogí de hombros.

—Con el debido respeto, como le dije, no me importa. Hágame un teniente y asígneme a la Academia, a su seguridad personal. A donde ella vaya, yo iré.

—¿Y si no lo hago?

Me recosté en mi silla.

—Como hombre emparejado, ¿qué haría si fuera yo?

Me estudió detenidamente antes de llevar su comunicador de muñeca a su boca.

—Código de seguridad Nial, Prillon Prime...

Recitó una serie de palabras y frases de código prillón antes de que algún tipo de sistema informático respondiera a su llamada.

—Este es el Núcleo Central, Prime Nial. ¿Cómo puedo servirle?

Él me miró.

—Última oportunidad para cambiar de opinión.

—No pasará. Ella es mía.

Estaba sonriendo mientras hablaba.

—El cazador de élite Quinn del planeta Everis se alista como teniente en la Flota de la Coalición y servirá con esa capacidad hasta nuevo aviso. Su autorización de nivel de seguridad debe coincidir con la de la vicealmirante Niobe de la Academia de la Coalición en Zioria. Se le asigna como su guardia de seguridad personal hasta nuevo aviso y se reporta solo ante la vicealmirante o ante mí mismo.

Ningún oficial de rango bajo que me pudiese mandar, tal como lo había pedido.

—Entendido, Prime Nial. El teniente será contactado de inmediato para establecer códigos de autorización y acceso a los activos de la Coalición. ¿Hay algo más que pueda hacer por usted?

—No, eso será todo.

—Sí, Prime. Que tenga una buena noche, señor.

Su comunicación se cortó y menos de un segundo después, el comunicador de muñeca sonó. Miré hacia abajo, sorprendido de ver los códigos de acceso y los enlaces a mi nueva posición en la Flota de la Coalición que ya estaba en mi sistema. Yo era un teniente ahora. Iría a donde fuese mi compañera. Para protegerla. Para siempre.

—Me deberás un favor, cazador de élite Quinn. Un favor extraoficial.

Asentí.

—Cualquier cosa que necesite, solo pídamelo.

Satisfecho, se golpeó las rodillas con las manos justo cuando un fuerte golpe sonó en la puerta.

—¿Nial? ¿Qué está pasando ahí?

Ander. Tenía que serlo, y parecía menos que satisfecho. Y entonces escuché la voz femenina, y el olor de una mujer humana, la voz tan similar a la de Niobe que llamó mi atención. Había estado tan concentrado en mi discusión con el Prime Nial que había ignorado mi entorno, contando que la puerta cerrada mantuviera alejado al resto del mundo.

—¿Nial? ¿Estás bien? ¿Quién está

aquí? Quiero conocerlo. —La mujer se echó a reír, el sonido trajo una suave sonrisa a la cara del Prime mientras continuaba—. Quienquiera que sea, es un tipo rudo. Derribó a todos los guardias del perímetro en el lado norte de la casa y a los dos guardias fuera de la cocina.

La puerta se abrió y allí estaba el guerrero prillón más feo que había visto en mi vida; una enorme cicatriz que cubría más de la mitad de su rostro y cuello. Su tamaño, incluso para un prillón, era impresionante. Era más grande que el Prime Nial, y la mano de su acompañante descansaba sobre su brazo con una tierna familiaridad que yo extrañaba. Recorrí esa mano femenina para ver a una hermosa mujer parada junto a él. Tenía el cabello largo y sedoso y un brillo travieso en sus ojos con los que me había familiarizado demasiado en los últimos días.

La Tierra, aparentemente, tenía un suministro saludable de mujeres luchadoras e independientes.

Permanecí sentado cuando ella entró, segura de que la posición pondría a sus dos compañeros excesivamente protectores más calmados. Mientras se acercaba, Nial se reclinó en su silla, señalando a su segundo que no era una amenaza.

No era que su encantadora compañera lo pensara dos veces cuando se acercó y se sentó en el brazo de la silla de Nial para mirarme.

Le sonreí. No pude evitarlo. Me recordó a mi compañera, a Niobe, con descaro y evidente confianza.

—Señora Deston, es un placer conocerla.

—Ah, y también eres guapo.

Ander gruñó. Nial se rio entre dientes.

—Jessica, provoca a Ander un poco más con tu aprecio por este cazador, y ahora teniente, y podría darte unas nalgadas más tarde para recordarte a quién perteneces.

Ella le sonrió a su compañero con

cicatrices mientras él se cernía cerca de mí, manteniéndome al alcance de su mano... por si acaso. Él, lo entendía. La señora Deston, sin embargo, no tenía arrepentimiento alguno cuando centró su atención en mí.

—Entonces, ¿quién eres y por qué estás aquí? Nada tan emocionante ha sucedido en mucho tiempo. —Miró a Ander y luego a mí—. ¿A cuántos guerreros derribaste?

—Nueve.

—Bien. —Miró sobre su hombro y hacia a su compañero principal, el líder de toda la Coalición, el comandante militar a cargo de toda la operación bélica—. Necesitas trabajar en seguridad por aquí, supongo. —Ella se rio entre dientes—. Derribó a Hart y Tarzán.

—Su nombre es Torzon.

—Lo que sea. Realmente necesita cambiárselo. Tiene apariencia de Tarzán por todas partes.

¿Quién diablos era Tarzán y por qué la señora Deston estaba actuando tan extraño? Como si ella me conociera bien, como si yo fuera parte de su círculo íntimo. De confianza.

—Compañera. —La advertencia del Prime cayó en oídos sordos y supuse que era el deslizamiento amoroso de su mano arriba y abajo de su espalda lo que la alentó a ignorar su advertencia retumbante. También me di cuenta de que su tratamiento hacia mí cambiaría drásticamente si sus compañeros no estuvieran presentes para mantenerla a salvo. Ella me trató como un amigo porque estaba a salvo al hacerlo.

Y la gran mole de Ander de pie tan cerca me recordaba ese hecho cada vez que me atrevía a acomodarme en la silla.

La señora Deston me miró.

—¿Bien? ¿Quién eres tú? ¿Por qué estás aquí? Quiero detalles.

—Soy el teniente Quinn de la Flota de la Coalición, consejero personal de la vicealmirante Niobe.

—Ah, es una chica ruda. Me agrada.

Me recuerda a la guardiana Egara de la Tierra.

—¿Quién?

No tenía idea de quién podría ser la tal Egara, pero si ella se parecía a mi Niobe, tenía que ser una mujer increíble y deseable.

—No importa. Entonces, *teniente*, ¿por qué se escabulló por aquí?

—Porque su compañero rechazó mi muy educada petición de una audiencia.

—¿Entonces derribaste a nueve guardias y lo emboscaste en casa?

—Sí, lo hice.

Eso hizo que su sonrisa se ensanchara con comprensión.

—Déjame adivinar, se trata de tu compañera.

Cuando asentí, ella se apoyó contra Nial.

—Todos vosotros, los machos alfa, sois tan predecibles. Entonces, ¿quién es la suertuda?

No estaba seguro de que ella tuviera

suerte en su destino de estar atrapada conmigo, pero sería amada. Protegida.

—La vicealmirante Niobe.

Ella se congeló.

—Oh, Dios mío. ¡Sí! Al fin. Tengo que llamarla. —Ella saltó de su posadero y se acercó a mí, se inclinó y me besó en la mejilla. Antes de que Ander pudiera protestar demasiado, ella se movió a su lado, resguardada allí como un tesoro... que lo era—. Estoy muy emocionada. La amo. Tendremos que ir a visitarlos. ¿Verdad, Nial? Podemos ir a la Academia y visitarlos pronto, ¿verdad?

—Claro, amor. Cualquier cosa para hacerte feliz.

Ander se la llevó y sonreí mientras los veía irse. Cuando me volví hacia el Prime Nial, lo encontré mirándome. Nos entendimos mutuamente.

—La vicealmirante fue criada en la Tierra —dijo, pero sabía lo que se guardaba. Su mujer era de la Tierra. Apasionada. Inteligente. De voluntad fuerte.

—Sí, y su padre era un cazador de élite. Es rápida. Fuerte. Salvaje.

Se rio entre dientes.

—Vamos. Vete de aquí antes de que cambie de opinión. Se movió en su asiento, dirigiendo su mano a su miembro para acomodarlo en sus pantalones.

—Vete, cazador. Ander está ocupado recordándole a nuestra compañera a quién pertenece, y yo me uniré a ellos.

Fue mi turno de reír cuando coloqué el *beacon* de transporte nuevamente sobre mi pecho y presioné el botón que me llevaría a casa. *A mi hogar.* A ella.

Niobe.

N iobe, Academia de la Coalición, bosque de Zioria

«CÁZAME».

El desafío de esa palabra que le había dejado a mi compañero ya debería haberle llegado. El sistema de transporte me había notificado en el momento en que dejó Prillon Prime. En el momento en que dejó al Prime para regresar a mí.

Sabía lo que había hecho. El sistema informático central de la Coalición me había alertado sobre el nuevo estado de

Quinn como teniente en la Flota de la Coalición, su increíblemente alto margen de autorización de la CI y de su estado como mi guardaespaldas personal.

Respondería ante mí ahora. Ante mí y el Prime Nial. Nadie más. Lo cual significaba que me acompañaría de ahora en adelante. A cada misión. A cada reunión. Él estaría a mi lado, protegiéndome, manteniéndome a salvo. ¿Y cuando terminaran las reuniones?

Entonces me quitaría este uniforme y me sometería a él. Quinn estaría al mando.

La idea me hizo temblar con expectativa. Con ansiedad. De alguna manera, había descubierto una forma de hacer que esto funcionara entre nosotros sin pedirme sacrificar lo que era

Me hizo amarle más.

Estaba a varios kilómetros de la Academia. A varios kilómetros de cualquiera. Sabía que estaba sola en el bosque. Oiría a otros si se acercaban. Los olería. Estar con Quinn me había animado a abrazar el lado salvaje de mi naturaleza, el lado everiano. Y se sintió normal. *Bueno.*

Eso, y sabía que nadie se atrevería a entrar en estos bosques porque había dado órdenes estrictas de que esta sección de los terrenos boscosos estaba prohibida hasta que diera otra orden.

Lo que significaba que estaba fuera de los límites hasta mañana, *después* de que Quinn y yo nos hubiéramos saciado con el aire nocturno, el aroma fresco de tierra y las hojas, y el sexo.

Sentada sobre un tronco caído, esperé. Sabía que el técnico de transporte le daría a Quinn mi nota. Esas tres palabras desencadenarían al cazador en él. Saber que él vendría a por mí también provocó algo en mí. Deseo.

Sufría por Quinn. Lo anhelaba. Pero decir que nuestra relación había sido fácil hasta ahora sería ridículo. ¿Kira y Angh tuvieron tantos problemas? ¿Habían lidiado con la Colmena y las intensas batallas y la posesividad?

Yo era posesiva con Quinn. Él era mío. La idea de que otra mujer lo tuviera, que lo conociera como yo, obedeciendo sus órdenes más oscuras y traviesas, hizo que mis puños se cerraran. La golpearía en la nariz y la exiliaría en los confines de la galaxia. La enviaría a un asteroide minero o la desterraría a la Antártida.

Me reí y el sonido fue absorbido por el bosque a mi alrededor. No me preocupaba que Quinn volviese sano y salvo de futuras misiones. Vale, sí me preocupaba un poco. Pero sabía que era hábil, que donde quiera que fuese, sería parte de un equipo rodeado de luchadores altamente entrenados. Podían pasar cosas malas. Demonios, lo había encontrado en una celda medio integrado. Pero quizás era por mi rango que acepté la posibilidad de que algo le sucediese. No me gustó la idea, por supuesto, pero lo acepté, como Quinn me había aceptado a mí junto a mi papel en esta guerra.

Recogí una áspera corteza del tronco con la uña. Saqué una pieza y la arrojé al suelo con irritación. Claro, lo aceptó, pero eso no significaba que me gustara. De hecho, odiaba que estuviera en peligro. Su protección me irritaba porque hería mi sensibilidad muy humana y muy feminista cuando él dudaba de que pudiera cuidarme sola. ¿Pensaba que había llegado a vicealmirante por una cara bonita o una suerte ciega? Joder, no. Yo podía pelear. Podía crear estrategias. Yo podía mandar. Mis responsabilidades eran lo único que no podía ceder porque no sería realmente yo quien haría tal renuncia; serían la Flota de la Coalición y el Prime Nial, los cadetes y los guerreros en las naves que luchaban en esta guerra. Estaba haciendo mi trabajo para proteger lo que amaba. La Tierra. Everis. La vida.

Y el Prime Nial no era un neandertal. Su compañera era humana, de la Tierra. Y como yo, ella tenía una mente propia, una mente que el Prime y su aterrador segundo, Ander, respetaban. El Prime Nial no podía, *ni haría*, disminuir a uno de sus principales líderes, hombres o mujeres, solo para complacer a su compañera.

Tal cosa implicaba que Quinn tenía que doblegarse o romperse. No había duda en mí, no cuando se trataba de mi trabajo.

Seguramente, Quinn no dudaba de mis habilidades, pues las había presenciado antes de saber que yo era su compañera, pero él era un alfa de principio a fin. Estaba en su naturaleza, en su propio ADN, estar a cargo. En control. Proteger. Poseer. No podía manejar la posibilidad de que me lastimara porque sería su culpa, su debilidad, si algo me sucedía. Yo era su trabajo. Y nos había puesto en apuros. Hasta hoy.

Recogí una pequeña flor amarilla y comencé a arrancar los pétalos. Él me ama. Él no me ama.

Él me ama. Lo sabía incluso cuando se mostraba tan terco. ¿Pero que fuera a ver al Prime Nial? ¿Despojarse de su autonomía, aceptar un encargo y un rango en la Flota de la Coalición para estar conmigo? Eso era algo que nunca me había esperado, ni era algo que alguna vez le hubiese pedido. Había sacrificado su futuro y su libertad de estar conmigo. Él me eligió a mí. Él me amaba. No había otra explicación.

Y lo amaba.

—Compañera.

Esa sola palabra me sorprendió, casi me hizo caer del tronco. Allí, de pie frente a mí, con los brazos cruzados y con aspecto grande y musculoso, estaba Quinn con su nuevo uniforme de teniente. Su nueva apariencia me tomó por sorpresa.

Dios, amaba a un hombre de uniforme.

Alcé mi mano hacia mi pecho, intenté calmar mi corazón fuera de control.

—¿Debería preocuparme si pude acercarme a ti sin previo aviso?

Me mordí el labio para reprimir una sonrisa mientras lo miraba. El bosque estaba húmedo, el calor atrapado debajo del dosel de hojas en lo alto. Era casi... sensual. O tal vez era solo que mi muy viril y muy caliente compañero estaba ante mí. Sabía lo que había debajo del uniforme. Puros músculos duros, y otras cosas duras.

Él había venido a mí. Puede que le haya planteado el desafío de que él me cazara, pero mi compañero me había encontrado. Aquí. En cualquier sitio. Y mientras él se acercaba a mí, ahora acortaría la distancia con él.

Me puse de pie, levanté la parte inferior de mi camisa y me la saqué por encima de mi cabeza mientras cerraba la distancia entre nosotros. Me desabroché los pantalones cuando me paré frente a él.

—Estaba pensando en ti —le dije.

—¿Ah? ¿Y en qué estabas pensando? La esquina de su boca se inclinó hacia arriba, el único cambio en su serio comportamiento. Su postura aún era rígida, y su barbilla alzada.

—En lo que has hecho.

Su ceño pálido se frunció.

—¿Y qué es eso?

—Renunciar a tu trabajo por mí.

Su mirada se suavizó y vi algo allí que nunca había visto antes, apenas me atrevía a esperar.

—Tú eres mi trabajo, Niobe. Mi trabajo eres tú.

Contuve el aliento, porque había dicho las palabras exactas que había estado pensando.

No sería tan sexy, pero igualmente me agaché y me quité una bota, y luego la otra. Cuando me levanté, lo miré a los ojos.

—Y como dijiste, sin mi uniforme, cuando no soy vicealmirante, soy tuya. —Me bajé los pantalones y me quité las bragas. Él observó mientras las sacaba.

—Así es. —Todavía no se movía, solo inclinó la barbilla más para inspeccionarme de pies a cabeza—. Toda mía.

Todavía tenía mi sostén. En segundos, me lo quité y lo arrojé a la pila en el suave suelo del bosque.

Vi cómo sus pupilas se dilataban y su mirada recorría cada centímetro de mi cuerpo. Me quedé quieta. Esperando. Quinn estaba a cargo ahora. Dios, la sensación de él asumiendo el control, de deshacerme de todas mis responsabilidades como hice con mi uniforme, fue estimulante. Podía ser más que solo la vicealmirante. Podía ser solo Niobe, o lo que era más importante, la compañera de Quinn.

Y con lo que había hecho por mí... mi corazón estalló, ya no podía permanecer quieta. Necesitaba correr, todo mi ser estallaba de alegría.

Usando la velocidad de cazadora, el regalo de mi padre, corrí desnuda por el bosque, moviéndome tan rápido que los árboles no eran más que figuras borrosas.

Gritó mi nombre, el sonido era una excitante agonía. Ansiedad.

Hambre.

Ya me había cazado, me había encontrado en el bosque. Ahora lo desafiaba una vez más, despertando sus instintos de unión, instando al cazador de élite dentro de él a rastrearme, capturarme y a que reclamara a su compañera.

Corrí con todo dentro de mí, sin querer que me atrapase demasiado pronto, necesitando correr para disfrutar de la emoción de ser perseguida. Era divertido. Jugar, incluso desnuda. Y tanto como necesitaba los fuertes brazos de Quinn a mi alrededor, que su polla me llenara y estirase, también necesitaba esto. Bastante.

Tan fuerte y rápido como me movía, lo sentí acercándose a mí, su cercanía era como un zumbido de electricidad sobre mi piel. Ahora estaba jugando conmigo, dejándome fuera de alcance, jugando. Molestándome. Encendiéndome.

Su aroma llenó el bosque y di la vuelta en un gran arco de regreso a mi sendero original para poder rastrear su aroma, respirarlo con la noche, el bosque y los insectos que cantaban. Esta era quien era ahora, con él. Solo con él. Era tan salvaje como los animales, tan libre como el viento que soplaba el cabello de mi cabeza formando largos hilos de oscuridad detrás de mí.

Lo sentí segundos antes de que me empujara, rodando hacia el suelo, usando su cuerpo para detener mi caída.

También estaba desnudo, y me di cuenta de que debió de haberse tomado el tiempo para quitarse la ropa, ese uniforme de teniente sexy, para darme una ventaja.

Me arrojé sobre él, envolví mis brazos alrededor de su cuello y lo besé.

Después de un segundo de que lo sorprendiera con mi entusiasta bienvenida, sus manos se posaron en mi trasero. Me sostuvo contra él y me puso debajo de su cuerpo, sobre las hojas suaves, con su polla penetrando mi húmedo sexo mientras nos movíamos.

Su polla entró en mí, haciéndome

suya, haciéndolo mío; y se rindió al beso, a la necesidad.

Sabía a... Quinn. Caliente, picante, peligroso. Mío. Los dos estábamos hambrientos. Salvajes. No recordaba levantar mis piernas y envolverlas alrededor de su cintura. Me embistió hasta lo más profundo con su falo. Quería gemir y resistirme debajo de él, tocar mi clítoris, hacerme acabar por mi cuenta. No sería difícil de hacer, pero me resistí. Dejaría que Quinn decidiera cuándo y cómo darme placer. Esa sola idea me hizo desearlo aún más.

Nuestros movimientos se hicieron más lentos hasta convertirse en algo gentil, tierno; y cuando levantó la cabeza, nuestras miradas se encontraron. No las apartamos.

—¿Por qué? —susurré, estudiando su rostro—. ¿Por qué fuiste con el Prime Nial?

—Porque podría ser mitad atlán. —Él movió sus caderas, golpeando un lugar oscuro y ansioso dentro de mi sexo, y yo jadeé. Gruñí. Aferrada a él.

Yo fruncí el ceño. ¿Atlán? No tenía ningún sentido y tenía dificultades para pensar con claridad con su polla abriéndome. Estirándome. Llenándome.

—¿Qué?

Moviéndose de nuevo, frotó sus abdominales duros como una roca contra mi abdomen, moviendo su cuerpo para friccionar mi clítoris mientras me montaba, hundido profundamente.

—Juro que tengo una bestia interior en lo que a ti respecta. Nunca dudé de tus habilidades. Nunca. Estoy orgulloso de quién eres, compañera. Orgulloso de que seas mía.

No podía parar, su gruñido de placer coincidía con el mío mientras mi sexo se contraía alrededor de su polla. Levanté las manos sobre mi cabeza y las mantuve allí. Arqueé la espalda y me rendí.

—Dios, Niobe. —Enterró su rostro en mi cuello, con sus manos levantó mis caderas del suelo, inclinándome para empujar más profundo. Grité, perdida. No me importaba si era everiano, o atlán, o un monstruo; él era mío y le necesitaba.

—Quinn —Mi voz apenas era más que un susurro, pero él me escuchó, el pellizco en mi cuello lo probaba mientras le rogaba por correrme—. Por favor, Quinn. Te necesito. Yo...

Él dejó de moverse y lloré, pero escuché, que era lo que él me exigía.

—Estoy orgulloso de ti, pero soy un cazador de élite debajo del uniforme de teniente. No soy manso, compañera. Despertaste instintos en mí que no sabía que poseía. No pude controlar mi necesidad de protegerte. Ir con el Prime Nial, exigiendo servir como tu activo de seguridad personal, era la única manera que conocía para protegerte y mantenerte cerca de mí.

—¿Y tu libertad? ¿Qué hay de tu familia en Everis? ¿De tu trabajo?

Era un cazador de élite, incluso yo sabía que tenía una gran demanda, y no solo para el uso de los comandantes militares. Los gobernantes particulares en muchos mundos contrataban a los cazadores de élite para varios trabajos. Eran raros. Valiosos. Sus servicios costaban una fortuna y podían elegir a quién servir y a quién no.

Al aceptar una comisión como oficial en la Flota de la Coalición, ahora estaba bajo el mando del Prime Nial. El Prime podría enviarlo a misiones, ordenarle que obedeciese. ¿Y si Quinn se negara? Lo enviarían al calabozo. Sería encarcelado.

Lentamente sacudió la cabeza.

—Hablé con el Prime Nial. Su compañera es humana, como tú. Él entiende con lo que estoy tratando.

Jadeé, lista para defender a todas las mujeres de la Tierra, pero me acarició el cuello y se retiró, empujando hacia adelante. Mi protesta se convirtió en un estremecimiento de placer cuando las ondas se movieron por mi coño. Él era enorme. Me estiraba. Llenándome hasta que no podía respirar, mucho menos pensar.

—¿Podemos terminar esta conversación más tarde?

—No. Escúchame, Niobe, y entiende. De ahora en adelante, mi trabajo es protegerte. Cuidar de ti. Estar contigo. No me importa una mierda el rango. El Prime Nial y yo llegamos a un acuerdo. Respondo a ti, compañera. Sigo tus órdenes cuando estamos en público. Tuyas y de nadie más.

—¿Mías?

—Tuyas. —Él mordisqueó su camino hasta mis labios, cada beso derretía mi corazón un poco más—. El Prime Nial me ha otorgado autorización de alto nivel, incluso dentro de la CI. Voy a donde tú vayas. Sin preguntas ni discusiones.

Bajé mis manos y enterré mis dedos en su largo cabello dorado. Era sedoso. Algo tan suave en algo tan duro. Y fuerte. Y mío.

—Vale.

Eso le hizo reír.

—¿Vale? ¿Sin discusiones?

—No. Estoy desnuda, después de todo. No discuto con mi compañero cuando estoy desnuda.

—Tienes razón. —Levantó mi trasero, abriéndome para él. Se empujó hasta lo más profundo—. Cuando estás desnuda, eres mía.

Sonreí, acaricié su cabello con la mano y tomé su mandíbula. Sentí su áspera barba. Y fue entonces cuando confesé la verdad de mi corazón.

—Siempre seré tuya, Quinn. Siempre.

Se congeló por un instante, como si lo hubiera sorprendido con mi confesión, pero su cuerpo se puso rígido. Duro. Mi amante dominante salía a jugar, y necesitaba que me hiciera dejar de pensar, solo sentir. Yo simplemente... lo necesitaba.

—Pon tus manos sobre la cabeza y mantenlas allí, compañera. —El grueso tono de su orden solo me puso más ansiosa por obedecer. Como un cadete del primer día, no tuve que hacer nada más que seguir órdenes.

Me moví hacia donde estaba y él permaneció quieto, como un comandante, observando. A la espera de cualquier incumplimiento de órdenes. Me retorcí, sabiendo que, si no seguía sus órdenes, me daría nalgadas. Pero no era un castigo en absoluto.

Cuando puse las manos sobre mi cabeza, no pude pasar por alto el contorno de su expresión en las sombras del bosque. Su cara llena de tensión, las venas de su cuello y las sienes abultadas. No era inmune. De hecho, probablemente estaba tan desesperado como yo. Me moví instintivamente, abriendo las piernas, tratando de que entrara aún más en mí.

—Abre más.

Tragué saliva, extendí las rodillas. Más, luego aún más. Gracias a Dios que estaba en buena forma física. Nunca había estado más agradecida por las caderas flexibles.

Su tacto calentó mi piel. La humedad hizo que la transpiración salpicara mi piel. Pero fue su mirada la que me quemaba. Él podía verme por completo en la oscuridad.

—Compañera, eres tan hermosa.

Me *sentía* hermosa

Sus manos se aferraron a mis tobillos y retiró la polla, besó mi cuerpo y bajó la cabeza hasta mi adolorido coño. Levantó mis piernas y empujó las rodillas hacia mi pecho.

—¡Ah! —grité cuando lamió mi abertura; luego encontró mi clítoris y puso su boca sobre él. Lo besó. Lo *dominó*. Mis caderas se alzaron, enrolladas por el delicioso contacto.

—Quinn —respiré.

No permitió que me corriese, sino que se detuvo mucho antes, provocándome, prolongando mi placer. Gobernando mi cuerpo como un amo. Levantando la cabeza, miró hacia mi cuerpo. Dios, ver mis fluidos cubriendo sus labios, su barbilla... era perverso.

—Por favor —le rogué. Lo ansiaba, quería estar llena de él, sentir la fuerte presión de su cuerpo sobre el mío. Quería romperme con su polla dentro de mí. Saber que estaba protegida por él. Poseída por él.

Tal vez le gustaba que suplicase, porque accedió soltando mis tobillos y acomodándose nuevamente en mi entrada. Presionó contra mí y lo miré; se apoyaba sobre sus antebrazos. Me sostuvo la mirada mientras se movía. Entró un poco. Y se detuvo.

—Compañera. *Mía.*

Entonces se metió en mí. Duro. Rápido. Reclamándome. Haciéndome suya de nuevo.

Mi cabeza se arqueó hacia atrás, la sensación de él rodeándome, llenándome... era demasiado.

Su gruñido vibró desde su pecho hasta el mío.

—¡Sí! —grité. No era una vicealmirante. No estaba a cargo de la Academia. No estaba en una misión de la CI, sino que estaba donde necesitaba estar. En este momento, yo era importante. Me entregué a mi compañero. Le di a mi compañero lo que necesitaba y, a cambio, él me completó.

Una mano en mi cadera nos hizo rodar, Quinn ahora sobre su espalda, me cernía sobre él. Cabalgando sobre sus caderas estrechas y su polla profundamente incrustada en mí, empujé sobre su pecho y me erguí sobre él.

—¿Quinn? —jadeé.

Sus manos se posaron en mis caderas, me levantaron un poco y luego me dejaron caer. Jadeé. Él gimió.

—Cabálgame, compañera. Saca mi semen.

Estaba arriba, podía moverme como quisiera. Su falo era mío y podía usarlo como quisiera. Pero lo que hice lo complació. Me contraje y él gruñó de nuevo, apretando mis caderas con sus manos.

Me moví, lo rodeé, me levanté y luego me dejé caer. Lo follé. Lo usé para mi placer. Y cuanto más sacaba de él, más sacaba de mí, pues me perdía en la sensación de su cuerpo; cedía al placer, me corría por él. Alcancé el orgasmo con un grito que hizo eco a través de todo el bosque, y cuando exprimí su polla, sentí que se hinchaba dentro de mí justo antes de que él se corriera.

En ese momento, cuando los dos nos perdimos en el placer que solo podíamos encontrar el uno en el otro, lo supe: Quinn y yo nos pertenecíamos el uno al otro.

Éramos uno.

EPÍLOGO

 *uinn, un mes después, ubicación desconocida*

—¿DÓNDE estamos? —pregunté, mirando a mi alrededor. La plataforma de transporte parecía tan genérica y familiar como cualquier otra en el universo.

Cinco minutos antes, había entrado en la oficina de Niobe para acompañarla de regreso a nuestra casa. No tenía que hacerlo; ella podría cruzar los terrenos de la Academia sin mi escolta. Solo quería estar cerca de ella, pues estar con ella me hacía feliz, contento de una forma como nunca antes me había sentido. La inquietud que me había perseguido toda la vida se calmó tan pronto como *ella* se volvió mi enfoque. Mi propósito.

Tan pronto como le insistí al Prime Nial que eliminara sus protocolos y reglas de la Coalición para poder proteger a mi compañera.

En lugar de recoger sus cosas, como solía hacer, Niobe rodeó el escritorio, colocó un *beacon* de transporte en mi pecho, me tomó de la mano y nos fuimos.

Nos transportamos. Fuimos enviados... aquí.

El técnico de transporte detrás del panel se enderezó y saludó.

—Vicealmirante —dijo. Él la miró con los ojos muy abiertos, como si nuestra llegada fuera una sorpresa, pero no dijo nada más.

Niobe dejó caer mi mano y bajó los escalones desde la plataforma. Esperaba que la siguiera. Maldita sea, sí lo haría. A cualquier lugar.

No le dijo una palabra al técnico, simplemente salió de la sala y giró a la derecha por un largo pasillo. Todo era monótono y no me daba ni una idea de dónde estábamos. Y ella nunca respondió a mi pregunta.

Su ritmo era rápido y eficiente, y parecía saber exactamente a dónde se dirigía. Varios soldados pasaron a nuestro lado, saludando a medida que avanzaban.

Después de girar a la izquierda y derecha por los pasillos, levantó la mano hacia un panel al lado de una puerta. La luz se puso verde y la puerta se abrió silenciosamente. Al pasar, llegamos a otro pasillo, pero la temperatura era varios grados más fría. Las puertas se alineaban a ambos lados y ella se detuvo en la tercera a la derecha.

Me enfrentó por primera vez desde nuestra llegada y quitó el *beacon* de transporte de mi pecho.

—Tienes cinco minutos, cazador de élite Quinn.

Fruncí el ceño y miré la puerta. Ya no me llamaban por mi título anterior ahora que era el teniente Quinn de la Flota de la Coalición. ¿A qué estaba jugando?

—¿Cinco minutos? ¿Para qué?

Niobe levantó la barbilla, su mirada oscura se alzó hacia la mía.

—Por justicia.

Su mano golpeó la entrada al lado de la puerta. Hizo un ruido, adoptó un color verde y se abrió.

Miré dentro y me congelé.

La unidad nexus.

La miré, asegurándome de entender.

—Han estado con el nexus por más de un mes. Eso es suficiente. Es tuyo ahora.

Joder. Maldición. Mierda. Esta era una base de la CI en alguna parte. Y esta era una zona de prisión en lo más profundo donde alojaban al nexus. No tenía dudas de que había algún tipo de laboratorio cerca. Odiaba la sensación del espacio, el confinamiento, sabiendo que no había escapatoria excepto a través de una puerta. Había estado dentro de una celda no muy diferente a esta recientemente, como huésped de este hijo de puta azul, y me sorprendió darme cuenta de que no estaba feliz de estar aquí, a pesar de lo que mi compañera me estaba ofreciendo. Había tratado de encontrar una manera de escapar de mi celda y fracasé. No había salida. No allá en Latiri 4 para mí, y no aquí, ahora, para el imbécil azul.

Girando la cabeza, lo observé. Tenía cortes en todas partes, pero había mil pequeñas rebanadas en su cabeza, como si los científicos de la CI se hubieran interesado en especial en esa región, sin duda tratando de descubrir cómo controlaban las mentes de los combatientes y los civiles que integraban. Estaba más delgado, si fuera posible. Asumí que era todo máquina, pero tal vez la parte biológica de su cuerpo había pasado hambre. Estaba desnudo y no pude evitar mirar su mosaico de piezas azules y plateadas. Tenía costillas, como yo. Brazos. Piernas. Pero su torso azul oscuro estaba cubierto de plata retorcida, y su miembro era una cosa extraña y retorcida que parecía tener vida propia. Sus ojos oscuros y negros se enfocaron en mí claramente, a pesar de su estado debilitado.

—¿Estás aquí para terminar conmigo, cazador? —El nexus no sonrió, ni pareció temer mi respuesta. ¿Y cuál era mi respuesta?

Lo miré y no sentí... nada. No me interesaba demorarme. Pensé en el bosque de Zioria, en perseguir a mi compañera por los espacios abiertos, el aire húmedo, el terreno accidentado. La libertad.

Dirigí mi mirada a Niobe, pero ella tenía su expresión de vicealmirante. Desprovista de cualquier emoción. En completo control. Esto era lo que ella hacía, su elección. Con su rango, el acceso era fácil. Incluso el acceso de alto nivel a los *beacons* de transporte personal estaba a su alcance.

Mierda.

Me había traído a la unidad nexus para que lo matara. Para acabar con él, como había querido cuando lo capturamos en Latiri 4. Ella se había negado a ceder entonces, se había mantenido firme cuando no uno, sino varios luchadores habían querido matar al nexus, en oposición directa de sus órdenes. Ella no se había rendido entonces. ¿Por qué se estaba rindiendo ahora?

Porque yo lo hice. Porque me había rendido a ella tan completamente como ella se había rendido a mí. No durante el sexo, sino en la vida. Al elegirla a ella y a la Coalición sobre mi libertad como cazador de élite.

Me sentí expuesto. Desollado de par en par. Mi corazón latía con fuerza por esta mujer. ¿Cómo había tenido tanta suerte de ser emparejado con ella? No me necesitaba. Dios, era inteligente, experta, despiadada, astuta y tenía el con-

GRACE GOODWIN

trol de sí misma y de todo lo que la rodeaba. Era valiente y tenía bolas más grandes que la mayoría de los hombres.

Y era mía.

Quería tomar a mi compañera, abrazarla y abrazarla más. Besarla apasionadamente. Empujarla contra la pared y follar mucho y con fuerza. Ella me estaba dando lo que quería. Lo que pensé que había necesitado todo el tiempo. Venganza por mis amigos muertos. Un cierre.

—Cinco minutos —repitió, mirando el comunicador en su muñeca.

Tiempo que no perdería. Me di vuelta, entré en la habitación. La puerta se cerró detrás de mí. Sin mirar, supe que Niobe no estaba dentro. Esperó en el pasillo a que pasara mi tiempo a solas con la unidad nexus. Para matarla, si era lo que deseaba.

La unidad nexus estaba encadenada, como yo lo había estado antes. No podría alcanzarme, aunque lo intentara.

Nos miramos el uno al otro y sentí el

zumbido en mi mente, el efecto de su cercanía en las integraciones microscópicas que quedaban en mi cuerpo. Nunca estaría completamente libre de él. Ni siquiera si lo mataba. Pero ya no tenía ninguna influencia sobre mí. Ninguna.

Nuestras miradas se encontraron, y aunque sentí un extraño tirón, bastó con pensar en Niobe y no tuve problemas para resistir su influencia psíquica.

—¿Nada que decir, cazador?

—Lo siento.

Nunca había visto una unidad nexus antes, y nunca había visto ninguna emoción en su rostro durante mi cautiverio. Pero ahora, vi sorpresa.

—¿Te disculpas? ¿Por qué?

Al echar un rápido vistazo a sus grilletes, sus contusiones y su pérdida de peso, supe que había pasado por el infierno, tal como yo.

—Porque no soy como tú. No soy malvado No me gusta ver sufrir a otros, incluso cuando son enemigos.

Parpadeó, el movimiento lento de sus

párpados sobre los discos grandes y opacos que eran sus ojos era extraño de presenciar.

—No soy malvado. El mal no existe. El bien no existe. El bien, el mal... ambos no son más que conceptos para mentes pequeñas.

¿De qué demonios hablaba esta cosa? ¿Y por qué estaba hablando con él?

No. Sabía la respuesta a esa pregunta. Curiosidad. Una necesidad de entender al enemigo.

—Entonces, ¿por qué pelear en esta guerra? ¿Por qué matar a tanta gente?

El nexus inclinó la cabeza, como confundido.

—¿Guerra? No estamos en guerra. Deseamos aprender y vosotros os resistís.

¿Aprender? ¿Era así como lo llamaba? ¿Tomar a buenos soldados y convertirlos en robots? ¿Controlando sus mentes? ¿Obligándolos a matar a sus amigos? ¿Sus familias? ¿A veces, a sus propios hijos?

—¿Por qué os resistís?

—Porque elegimos ser individuos. Elegimos la libertad.

—La libertad es una ilusión. La individualidad es una ilusión. Este cuerpo, tu cuerpo, es a la vez una ilusión. Ya eres parte de nosotros.

—No. No lo somos. Y nunca lo seremos. —Él nunca lo entendería. Mi cabeza entendía eso, aunque mi corazón no lo hacía. ¿Cuántos zumbidos mentales había enviado? ¿Cuántos pensamientos de soldados integrados escuchó? ¿Estuvo alguna vez solo en su propia cabeza? ¿Había estado *solo alguna vez*?

—El futuro es inevitable, cazador. Ya verás. Al final, todos somos uno.

A la mierda esas tonterías. Mientras esperaba sentir la necesidad de arrancarle la cabeza, poner mi pistola de iones en la posición más alta y acabar con él, me di cuenta de que no quería hacerlo. Ya no.

Mi necesidad de matarlo había sido

tan grande que me había cegado, incluso cuando Niobe me había explicado y dicho la verdad. La unidad nexus se necesitaba viva. Mi momento de justicia por lo que me había hecho no era lo suficientemente importante como para reemplazar la victoria que se lograría al aprender del estudio de nuestro enemigo. Se podrían salvar muchas vidas si la Coalición podía comprender cómo funcionaba y cómo *pensaba* la unidad nexus. Al matarlo, esos datos, esa percepción, se perderían.

¿Y por qué? Por mi pequeña y personal necesidad de destruir al pequeño pedazo de la Colmena que me había hecho daño.

Esta era una guerra, una guerra que había estado ocurriendo durante cientos de años. Yo había sobrevivido. Otros no. Aún más no lo harían si no tomáramos decisiones deliberadas y estudiábamos lo que odiamos.

Si no hubiera sido capturado, entonces Niobe no se habría transportado hacia mí en Latiri 4. Ella no me habría salvado, ni hubiera podido aislar la base subterránea. No hubiéramos podido salvar a todos los demás ni entregar una maldita unidad nexus viva a la CI.

Como había sido prisionero, mis integraciones, mi sacrificio, habían permitido que todo lo demás encajara. ¿Había sido ese cautiverio mi propósito final como cazador de élite? ¿Ser torturado, emparejado, salvado y llevado a este momento para que muchos millones más puedan ser resguardados de un destino similar?

Si mataba al hijo de puta, mi encarcelamiento habría sido en vano. El encarcelamiento de los demás, sus muertes, habrían sido y serían para nada.

No, el nexus tenía que seguir con vida, tal como había dicho Niobe. La captura y el estudio de la unidad nexus tenían que ser una victoria para la Coalición, un motivo de esperanza en esta guerra.

No se trataba de mí. No se trataba de ella.

Se trataba del bien contra el mal. Salvando a otros.

Di un paso atrás, le di una palmada a la pared y eché un último vistazo a la unidad nexus azul que ahora no significaba nada para mí.

Me provocó con sus palabras.

—Aprenderás, cazador. Al final, aprenderás.

Su firmeza estoica fue como un disparo de iones, pero el disparo se reflejó en mi armadura mental.

No me golpeó. No me hirió. Niobe me había curado, me había hecho más fuerte. Más fuerte que el nexus en esta celda. Más fuerte que mis errores pasados. Más fuerte de lo que tenía derecho a ser, pero nunca dejaría de pelear. Nunca me rendiría. Nunca dejaría de proteger lo que era mío. Mi vida. Mi mundo. Mi mujer. Ella era el universo ahora. Mi universo. Y si el doctor Helion necesitaba torturar y diseccionar la unidad nexus para ayudarme a protegerla, que así fuera.

Me di la vuelta y salí de la celda. Niobe frunció el ceño cuando me vio irme y luego vio al enemigo, todavía respirando, detrás de mí y encadenado a la pared.

La puerta se cerró y ella se paró cerca, mirándome a los ojos.

—¿Por qué?

Sabía la profundidad de su pregunta.

Me acerqué aún más, así que nuestros cuerpos se rozaron. La puerta de la celda se cerró, la cerradura emitió un sonido muy distinto cuando mi pasado hizo eco detrás de mí y encerró a la unidad nexus dentro, donde permanecería para ser probado, analizado. *Usado*.

—Porque él es el pasado. Tú, compañera, eres mi futuro.

Me incliné hacia adelante, rocé mis labios con los de ella.

Ella no me devolvió el beso, se quedó quieta. Quizás la había sorprendido. La confundí con mi inversión sobre el maldito azul.

—¿Estás seguro?

Asentí una vez, tomé su mano en la mía.

—Positivo. Estoy contento de ser tuyo. Tu seguridad. Tu protección. Tu compañero. Solo tuyo, Niobe.

Su ceño se arqueó, me estudió, tal vez para ver si decía la verdad, si me refería a las palabras. Ella asintió, aparentemente apaciguada.

Me llevó de regreso a la sala de transporte, pero me miró.

—Te amo, ¿lo sabes?

Sonreí y tiré de su brazo, la besé nuevamente, porque podía, porque era mía.

—Lo sé. Yo te amo más.

Levantó una ceja. Vi cómo la vicealmirante sopesaba mis palabras con una fría y calculadora expresión de evaluación en su rostro... hasta que me sonrió como una diosa a la que le acababan de dar una ofrenda, y me di cuenta de que era para mí. Me preocuparía por ella, la protegería y la amaría; dedicaría el resto de mi vida a hacerla feliz y no podía esperar para comenzar.

Caminamos en silencio después de eso hasta que nos encontramos de nuevo en la plataforma de transporte.

—Transporte de regreso. Invierte las coordenadas —le ordenó al técnico de transporte.

—¿Listo, *compañero*? —me preguntó ella, el calor y la sensación electrizante del transporte inminente erizaron los vellos de mis brazos.

—¿Contigo? Siempre.

ESPAÑOL – LIBROS DE GRACE GOODWIN

Programa de Novias Interestelares®

Dominada por sus compañeros

Pareja asignada

Reclamada por sus parejas

Unida a los guerreros

Unida a la bestia

Tomada por sus compañeros

Domada por la bestia

Unida a los Viken

El bebé secreto de su compañera

Fiebre de apareamiento

Sus compañeros de Viken

Luchando por su compañera

Sus compañeros rebeldes

Reclamada por los vikens

La compañera del comandante

¡Más libros próximamente!

ALSO BY GRACE GOODWIN

Interstellar Brides® Program: The Beasts

Bachelor Beast

Maid for the Beast

Beauty and the Beast

Interstellar Brides® Program

Assigned a Mate

Mated to the Warriors

Claimed by Her Mates

Taken by Her Mates

Mated to the Beast

Mastered by Her Mates

Tamed by the Beast

Mated to the Vikens

Her Mate's Secret Baby

Mating Fever

Her Viken Mates

Fighting For Their Mate

Her Rogue Mates

Claimed By The Vikens

The Commanders' Mate

Matched and Mated

Hunted

Viken Command

The Rebel and the Rogue

Rebel Mate

Surprise Mates

Interstellar Brides® Program: The Colony

Surrender to the Cyborgs

Mated to the Cyborgs

Cyborg Seduction

Her Cyborg Beast

Cyborg Fever

Rogue Cyborg

Cyborg's Secret Baby

Her Cyborg Warriors

The Colony Boxed Set 1

Interstellar Brides® Program: The Virgins

The Alien's Mate

His Virgin Mate

Claiming His Virgin

His Virgin Bride

His Virgin Princess

The Virgins - Complete Boxed Set

Interstellar Brides® Program: Ascension Saga

Ascension Saga, book 1

Ascension Saga, book 2

Ascension Saga, book 3

Trinity: Ascension Saga - Volume 1

Ascension Saga, book 4

Ascension Saga, book 5

Ascension Saga, book 6

Faith: Ascension Saga - Volume 2

Ascension Saga, book 7

Ascension Saga, book 8

Ascension Saga, book 9

Destiny: Ascension Saga - Volume 3

Other Books

Their Conquered Bride

Wild Wolf Claiming: A Howl's Romance

BOLETÍN DE NOTICIAS EN ESPAÑOL

FORMA PARTE DE MI LISTA DE ENVÍO PARA SER DE LOS PRIMEROS EN SABER SOBRE NUEVAS ENTREGAS, LIBROS GRATUITOS, PRECIOS ESPECIALES, Y OTROS REGALOS DE NUESTROS AUTORES.

http://ksapublishers.com/s/c5

CONÉCTATE CON GRACE

*P*uedes mantenerte en contacto con Grace Goodwin a través de su sitio web, su página de Facebook, Twitter, y en Goodreads, por medio de los siguientes enlaces:

Newsletter:
http://bit.ly/GraceGoodwin

Sitio web:
https://gracegoodwin.com

Facebook:

https://www.facebook.com/profile.php?
id=100011365683986

Twitter:
https://twitter.com/luvgracegoodwin

Goodreads:
https://www.goodreads.com/author/
show/15037285.Grace_Goodwin

SOBRE GRACE GOODWIN

Grace Goodwin es una escritora reconocida por USA Today por sus libros de superventa internacional de ciencia ficción y romance paranormal. Los títulos de Grace están disponibles en todo el mundo en varios idiomas, en formato de libro electrónico, impreso, audiolibro y apps. Dos mejores amigas, una en quien predomina el lado izquierdo del cerebro y otra donde lo hace el lado derecho, forman el galardonado dúo de escritoras que es Grace Goodwin. Ambas son madres, entusiastas de los juegos de escape, ávidas lectoras e intrépidas defensoras de sus bebidas preferidas (puede o no haber una guerra continua de té y café durante sus comunicaciones diarias). Grace ama saber sobre sus lectores.

CPSIA information can be obtained
at www.ICGtesting.com
Printed in the USA
BVHW090458230221
600782BV00001B/52